Le dernier jour d'un condamné

Dans la même collection

La Peine de mort. De Voltaire à Badinter (Anthologie).
Hugo, *Claude Gueux*.

VICTOR HUGO

Le dernier jour d'un condamné

Présentation, notes,
dossier-lecture et dossier-jeu
par Catherine Cazaban

ÉTONNANTS CLASSIQUES

GF Flammarion

Illustration de Joëlle Jolivet

ISBN : 2-08-072074-0
ISSN : 1269-8822

Sommaire

Le dernier jour d'un condamné

UN ENGAGEMENT PRÉCOCE

Hugo a 27 ans lorsque « Le Dernier Jour d'un condamné » est publié.

C'est déjà un écrivain reconnu, malgré sa jeunesse. Car celui qui écrivait, à 12 ans, sur un cahier : « Je veux être Chateaubriand ou rien », fait partie de ces génies précoces qui réussissent tout ce qu'ils entreprennent.

Marié avec Adèle, son amie d'enfance, il est déjà le père de trois enfants. Ses œuvres romanesques, poétiques ou dramatiques, rencontrent un succès immédiat ; le contrat qui le lie à l'éditeur Gosselin lui assure une rente qui le met, ainsi que sa famille, à l'abri de soucis financiers. Avec déjà deux romans, *Burg-Jargal* (1818, dans sa première version, 1826 pour la deuxième) et *Han d'Islande* (1823), un recueil de poèmes *Odes et Ballades*, et surtout une pièce de théâtre *Cromwell* (1827), dont la Préface marque la naissance d'un genre nouveau, le drame romantique, Victor Hugo est une référence dans le monde littéraire, le chef de file du Cénacle romantique. Beaucoup, à sa place, se seraient endormis sur de tels lauriers. Pas lui, *Le Dernier Jour d'un condamné* en est un parfait témoignage.

On peut se demander, en effet, ce qui pousse ce jeune homme, et déjà auteur à succès, à mettre sa plume au service du combat pour l'abolition de la peine de mort. Certes, un tel engagement n'est pas nouveau : les philosophes des Lumières, puis les révolutionnaires de la première heure voyaient déjà, dans cette pratique, un acte barbare. En 1789, il avait même été question de supprimer les exécutions capitales. Les républicains annonçaient que la peine de mort disparaîtrait lorsque la République s'installerait. Mais la Terreur et son cortège d'exécutions effaça ces nobles idées et, sous la Restauration, c'est sur une moyenne d'une décapitation par semaine qu'il faut compter.

Si l'on en croit le journal d'Adèle, la fille de Victor Hugo, l'idée de ce récit lui est venue du choc qu'il a éprouvé à la vue de l'exécution d'un certain Martin qu'il ne put regarder jusqu'au bout. D'autres témoignages, que corrobore celui de Victor Hugo lui-même, croient voir en l'affaire Ulbach une des sources du *Dernier Jour d'un condamné*. Le procès de ce jeune homme, condamné pour crime passionnel, fut raconté dans *La Gazette des Tribunaux*, un journal progressiste, principal organe contre la peine de mort. Victor Hugo y aurait appris que l'accusé voulait raconter, en prison, l'histoire de sa vie. Ulbach fut exécuté en 1827. L'âge, la volonté d'écrire ses Mémoires rappellent, c'est certain, le narrateur du livre de Victor Hugo. Mais est-il besoin, en vérité, de rechercher précisément ce qui a déclenché la rédaction de ce récit ? Remarquons plutôt qu'il fut écrit en quelques mois, comme si son propos avait été longuement mûri dans l'esprit du jeune Hugo, et que, le moment venu, il ne s'agissait plus pour lui que de le consigner par écrit.

Le Dernier Jour d'un condamné concentre les nombreuses rencontres de Victor Hugo avec la guillotine, et plus généralement avec l'univers judiciaire et carcéral. Comme tout le monde, en effet, il ne pouvait ignorer l'échafaud, dressé en place de Grève ; comme tout le monde, il ne pouvait échapper au spectacle qu'offrait, dans Paris, une exécution capitale. Mais chez Victor Hugo, cette confrontation entraîne une réaction immédiate, fougueuse et durable.

ACTES ET PAROLES

Aucun autre homme, en effet, ne prendra davantage que lui le parti de la vie. Car le spectacle public d'une mort programmée est, pour lui, un principe odieux qui nie tous les progrès de l'humanité ; c'est l'essence même de la barbarie, le règne de la force dans l'écrasement d'un seul par tous, au nom d'une prétendue justice sociale et c'est, en outre, oublier le premier commandement : « Tu ne tueras point. » Aussi se battra-t-il partout et tout le temps : au Parlement, devant les cours d'assises, en prison, dans les salons parisiens ou en exil, par l'écrit ou par la parole. Ainsi, en ce 15 septembre 1848, il s'exclama à l'Assemblée constituante : « Je vote l'abolition pure et simple et définitive ! »

La liste de ses écrits et de ses actions est longue, très longue, à la mesure du personnage ; citons pour mémoire son livre, *Claude Gueux*, paru en 1834, ou encore sa prise de position en 1854 dans l'affaire Tapner. La lettre célèbre qu'il adresse aux habitants de Guernesey, l'île de son exil, pourrait servir d'exergue à tous ses écrits contre la peine de mort : « Pour moi cet assassin n'est plus un assassin, cet incendiaire n'est plus un incendiaire, ce voleur n'est plus un voleur ; c'est un être frémissant qui va mourir. Le malheur le fait mon frère. Je le défends. »

Frère aussi, l'Américain John Brown, héros du combat contre l'esclavage, condamné à mort pour avoir fomenté une révolte chez les Noirs, et que Victor Hugo défend, en 1859, dans un texte destiné aux États-Unis d'Amérique. Son combat n'a pas de frontière : partout où les « forces de la nuit » sont, Victor Hugo se dresse et prend la plume. Juste retour des choses. Lorsque le Portugal abolit la peine de mort en juin 1867, les militants remercient Hugo de l'aide trouvée dans ses œuvres. Deux ans avant sa mort, alors qu'il est sénateur, il réclame encore, dans une lettre publiée par la presse et adressée à la reine Victoria, la grâce du militant irlandais O'Donnell. Jamais il ne se découragea, jamais il ne renonça ; il obtint des grâces, il subit des échecs, mais son combat jamais n'a fléchi.

L'ÉCHAFAUD

À travers ses œuvres, c'est un dialogue continu

avec tout ce qui avilit l'homme, tout ce qui nie l'individu. En ce sens, on peut y voir le prolongement de l'esprit romantique qui place l'individu au centre de toute chose. Car, dans sa défense de l'individu, Victor Hugo ne se bat pas uniquement contre la peine de mort, il s'oppose aussi au bagne, visite des prisons et en dénonce le fonctionnement ainsi que l'état d'insalubrité. Il entend, par sa plume, changer un système judiciaire et pénal qui n'est pas à la mesure d'un XIXe siècle, siècle du progrès. Plus largement, ce combat s'inscrit dans la mission du poète qui est de guider les peuples vers la lumière.

Or, l'échafaud est le symbole même du combat de l'ombre et de la lumière, des forces du mal contre celles du bien. « Oh ! nous sommes le dix-neuvième siècle, écrit-il aux habitants de Guernesey en janvier 1854, nous sommes le peuple nouveau ; nous sommes le peuple pensif, sérieux, libre, intelligent, travailleur, souverain ; nous sommes, à prendre le siècle dans son ensemble, le meilleur âge de l'humanité, l'époque de progrès, d'art, de science, d'amour, d'espérance, de fraternité ; échafauds ! qu'est-ce que vous nous voulez ? Ô machine monstrueuse de la mort, hideuse charpente du néant, apparition du passé, toi qui tiens à deux bras ton couperet triangulaire, toi qui secoues un squelette au bout d'une corde, de quel droit reparaissez-vous en plein midi, en plein soleil, en plein dix-neuvième siècle, en pleine vie ? Vous êtes des spectres. Vous êtes les choses de la nuit, rentrez dans la nuit. Est-ce que les ténèbres offrent leurs services à la lumière ? »

Dans tous ses écrits, la guillotine revient, car cet objet, tout en posant la réalité de la condamnation à mort, peut servir d'enseignement. C'est du moins ce qui ressort de l'expérience de Mgr Myriel, racontée dans *Les Misérables* : « [...] avoir vu la guillotine fut pour lui un choc et il fut longtemps à s'en remettre.

L'échafaud, en effet, quand il est là, dressé et debout, a quelque chose qui hallucine. On peut avoir une certaine indifférence sur la peine de mort, ne point se prononcer, dire oui et non, tant qu'on n'a pas vu de ses yeux une guillotine, mais l'on en rencontre une, la secousse est violente, il faut se décider, et prendre parti pour ou contre [...] elle n'est pas neutre. Qui l'aperçoit frissonne du plus mystérieux des frissons. »

Reste que si l'on se laisse gagner par la fascination, liée au spectacle de la mort, l'horreur de l'exécution capitale s'atténue. Cette fascination révolte Hugo. L'avant-dernier chapitre souligne bien l'attirance malsaine de la foule pour le sang, l'abdication de la conscience individuelle sous le poids du groupe. Il n'y a plus alors de société, c'est-à-dire de civilisation, de progrès, mais une tribu sanguinaire, une horde barbare. Face à cela, Hugo affirme l'individualité, la sienne et celle du condamné, car seul l'individu connaît la mort.

UN RÉCIT MODERNE

« Le Dernier Jour d'un condamné » fut écrit en quelques mois.

Pour beaucoup de critiques littéraires, il ouvre les portes du roman moderne. Le peu de succès qu'il obtint, les réserves de l'éditeur Gosselin, les reproches des plus grands critiques de l'époque, soulignent, s'il en était besoin, l'originalité de cette œuvre.

L'essentiel des critiques pourrait se résumer ainsi : ce roman n'en est pas un. Remarquons que c'est moins le thème que la forme choisie qui heurta. Le XIXe siècle, en effet, est friand d'histoires de bagnards, de voleurs, de crimes et de sang. Les exécutions capitales sont toujours l'occasion d'un grand spectacle où la foule excitée observe les condamnés comme des acteurs : sont-ils bons, on les applaudit, on frémit, on pleure même, jusqu'à l'instant fatal ; mais s'ils sont mauvais, trop effondrés à la perspective de mourir décapités, ils sont conspués par les spectateurs, déçus de s'être déplacés pour rien.

Dans le récit de Victor Hugo aucun élément anecdotique ne permet au public de s'investir : il ne peut retrouver l'émotion ambiguë qui l'étreint lorsqu'il croise la charrette d'un condamné, dont il a suivi dans les journaux les épisodes de la vie et du procès. Ici, rien de tel. On ne sait pas qui est le condamné, d'où il vient et, surtout, ce qu'il a fait. Il ne s'agit pas d'une version romancée de telle ou telle affaire judiciaire, comme le sera, par la suite, son roman *Claude Gueux*, de facture classique, celui-ci. Le critique Charles Nodier exprime bien l'attitude générale : « Qu'est-ce, après tout, que ce condamné ? C'est un être abstrait qui se creuse et s'examine en tous sens. C'est un esprit de condamné qui s'analyse et se scrute avec une rigueur et une patience toute métaphysique ; c'est comme un empirique qui veut avoir conscience de tout un ordre de phénomènes particuliers qui traversent son âme. Ce criminel n'a pas de passé : il vient là, sans antécédents, sans souvenirs : on dirait qu'il n'a pas vécu avant d'être criminel [...] On est froid pour cet être qui ne ressemble à personne. »

Ce qui est ici reproché, c'est l'absence de ressort dramatique, c'est l'absence des éléments qui auraient pu satisfaire la curiosité du lecteur. Comble des frustrations pour lui et de la maladresse pour l'auteur, le chapitre XLVII annonce l'histoire de la vie du condamné, mais l'éditeur n'a pu mettre la main sur les feuillets qui s'y rattachent ! Aussi le héros ne semble-t-il pas fait de chair et d'os, ses propos sont comme désincarnés. Comment s'intéresser alors à l'examen méthodique de ses états d'âme ? En outre, le choix d'un récit à la première personne interdit, et pour cause, son achèvement.

Toutes ces critiques obligèrent Hugo à faire précéder,

en 1832, la réédition du *Dernier Jour d'un condamné* d'une Préface, dans laquelle il justifie ses choix narratifs et fait du récit un plaidoyer pour l'abolition de la peine de mort : « Ce livre est adressé à quiconque juge. Et pour que le plaidoyer soit aussi vaste que la cause, il a dû, et c'est pour cela que *Le Dernier Jour d'un condamné* est ainsi fait, élaguer de toutes parts dans son sujet le contingent, l'accident, le particulier, le spécial, le relatif, le modifiable, l'épisode, l'anecdote, l'événement, le nom propre, et se borner (si c'est là se borner) à plaider la cause d'un condamné quelconque, exécuté un jour quelconque, pour un crime quelconque. »

En ne donnant pas de contours nets à son personnage, il refuse d'offrir aux lecteurs le plaisir malsain qui le retient au pied de l'échafaud, le plaisir de n'être qu'un spectateur. En s'interdisant l'anecdote, et c'est bien sûr ce qui fait la force de ce récit, il fait du condamné une voix, celle d'un individu, que la seule connaissance de la date de sa mort sépare du reste du monde : « Autrefois, car il me semble qu'il y a plutôt des années que des semaines, j'étais un homme comme un autre homme. [...] Maintenant je suis captif. Mon corps est aux fers dans un cachot, mon esprit est en prison dans une idée. » En revanche, en adoptant la première personne, Hugo nous oblige à voir « dans ce procès-verbal de la pensée agonisante [...] dans cette espèce d'autopsie intellectuelle, plus d'une leçon ». Pourquoi ? Parce que le condamné, retiré de la scène (la guillotine), reprend toute sa dimension humaine.

Dès lors, ce livre, parce qu'un homme nous y parle et que nous sommes seuls à le lire, se présente comme une exécution capitale qui n'aurait lieu que pour un spectateur unique, nous. Impossible alors de s'oublier dans la foule ; la réalité de la peine de mort surgit, brute et nue. Elle n'est plus entourée de sa dimension spectaculaire qui en fait oublier l'horreur. On la rejette, comme on rejette sa propre mort. N'est-ce pas là le meilleur des plaidoyers ?
Lorsque Victor Hugo meurt, le 22 mai 1885, la peine de mort n'est pas abolie. Il faudra attendre près d'un siècle pour qu'elle le soit, en mai 1981.

CHRONLOGIE

REPÈRES HISTORIQUES ET CULTURELS

VIE ET ŒUVRE DE L'AUTEUR

1802
1885

REPÈRES HISTORIQUES ET CULTURELS

1802	Chateaubriand, *René.*
1804	Empire : Napoléon Ier est sacré empereur.
1812	Pour les parricides (meurtres ou tentatives) le Code ajoute, à la mort, le tranchement du poignet droit. Les attentats sur la personne de l'empereur sont considérés comme tels.
1814	Restauration. Début du règne de Louis XVIII. Les Cent Jours.
18 juin	Bataille de Waterloo.
1820	Alphonse de Lamartine, *Méditations poétiques.* Exécution de Louvel, assassin de l'héritier du trône, le duc de Berry.
1822	Exécution des « quatre sergents de La Rochelle ». Publication de *De la peine de mort en matière politique* de Guizot.
1823	Exécution du docteur Castaing, auteur d'un double assassinat.
1824	Début du règne de Charles X. Exécution de Delaporte, détrousseur de grands chemins.

VIE ET ŒUVRE DE L'AUTEUR

1802, 26 février	Victor Hugo naît à Besançon.
1809	Victor et sa famille habitent aux Feuillantines, à Paris.
1812, octobre	Condamnation et exécution du général Lahorie, parrain de Victor Hugo, après le coup d'État avorté auquel il a participé.
1816	Victor Hugo écrit dans ses *Cahiers* : « Je veux être Chateaubriand ou rien. »
1818	Ses parents se séparent. Hugo assiste, devant le Palais de Justice de Paris, au supplice d'une domestique, condamnée pour vol : elle fut mise au carcan et marquée au fer rouge.
1821	Sa mère meurt.
1822, 18 octobre	Victor Hugo se marie avec Adèle Foucher.
1823	Son frère, Eugène, est interné dans un hôpital psychiatrique. Naissance de Léopold, son premier enfant. Il meurt un mois plus tard.
1824	Naissance de Léopoldine, sa première fille.

1825	Exécution de Papavoine. Il avait poignardé deux petits garçons, sous les yeux de leur mère. Rétablissement de la peine de mort pour les auteurs de sacrilège, abolie par la Constituante ; peine des parricides pour la profanation des hosties.
1827	Exécution de Louis Ulbach, meurtrier de celle qu'il aimait.
1828	Vidocq, célèbre policier ancien bagnard, publie ses *Mémoires*.
1830	Révolution de Juillet. Monarchie de Juillet, début du règne de Louis-Philippe. Lamartine, *Ode contre la peine de mort.* Stendhal, *Le Rouge et le Noir.*
1832, 1er juin	Claude Gueux est décapité à Troyes.
1834	Honoré de Balzac, *Le Père Goriot.*
1836	Lacenaire, *Mémoires et Révélations.*

1825 Il est fait chevalier de la Légion d'honneur.

1826 Naissance de Charles, son deuxième fils. Hugo visite la Conciergerie.

1827 Hugo assiste à Bicêtre au ferrement des forçats.

1828 Son père, le général Hugo, meurt.
Odes et Ballades (poèmes).
Naissance de François-Victor.

1829 Publication du *Dernier Jour d'un condamné.*

1830 Naissance d'Adèle, sa seconde fille.

1831 *Notre-Dame de Paris* (roman).
Les Feuilles d'automne (poèmes).

1834 *Claude Gueux* (roman).

1835 *Les Chants du crépuscule* (poèmes).

1837 *Les Voix intérieures* (poèmes).

1838 *Ruy Blas* (théâtre).

1839 Condamnation à mort de Barbès ; Hugo intervient auprès de Louis-Philippe pour obtenir sa grâce. Il participe à des manifestations de soutien. La peine est commuée par le roi.

1841 Il est élu à l'Académie française.

1843 Sa fille, Léopoldine, se marie avec Charles Vacquerie.
Le 4 septembre, ils meurent tous les deux noyés.

1848	Révolution de février. IIe République. Le gouvernement provisoire décrète l'abolition de la peine de mort en matière politique.
1851, 2 décembre	Coup d'État.
1852, 2 décembre	Second Empire.
1854	Guerre de Crimée. Exécution de Tapner, dont Hugo avait demandé la grâce.
1856	Gustave Flaubert, *Madame Bovary.*
1857	Charles Baudelaire, *Les Fleurs du mal.*
1859	Guerre d'Italie. Condamnation à mort de John Brown, héros du combat contre l'esclavage.
1865	Abolition de l'esclavage aux États-Unis.
1867	Abolition de la peine de mort au Portugal.

1846 Procès de Joseph Henri à la Chambre des pairs. Il avait tiré des coups de feu en direction du roi. Hugo intervient énergiquement et demande l'indulgence. Henri est condamné à perpétuité.

1847 Visite du quartier des condamnés à mort à la prison de la Roquette.

1848 Député, il soutient la politique de Louis-Napoléon.

1851 Il fait un discours à l'Assemblée contre le prince- président, Louis-Napoléon. Et s'exile à Bruxelles le 11 décembre.

1852 Il est expulsé, par décret, du territoire français et s'installe à Jersey, puis à Guernesey, îles anglaises.

1853 *Les Contemplations* (poèmes).

1854 Publication de *Aux habitants de Guernesey.*

1859 *La Légende des siècles* (poèmes). *Aux États-Unis d'Amérique*, texte de Hugo qui participe au mouvement d'opinion en faveur de John Brown.

1862 *Les Misérables* (roman).

1865 Lettres d'appui aux comités italien et anglais contre la peine de mort. *Les Chansons des rues et des bois* (poèmes).

1867 Lettre ouverte de Victor Hugo au président ; il demande la grâce de

1870, 4 septembre	Guerre franco-allemande. IIIe République.
1871	La Commune de Paris.
1876	Invention du téléphone.
1880	Jules Ferry rend l'école obligatoire.
1889	Inauguration de la tour Eiffel.

l'empereur fantoche du Mexique, Maximilien, abandonné par les troupes de Napoléon III.

1868	Naissance de son petit-fils, Charles. Sa femme meurt.
1869	Il préside à Lausanne le Congrès de la Paix. Jeanne, sa petite-fille, naît.
1870	Après presque vingt ans d'exil, il revient en France.
1871	Mort de son fils, Charles.
1872	Sa fille Adèle est internée dans un hôpital psychiatrique.
1875	Il est sénateur. *Pour un soldat.* Hugo demande la grâce d'un soldat condamné à mort pour insultes envers un supérieur. Il l'obtient.
1877	*L'Art d'être grand-père* (poèmes).
1882	Article de Victor Hugo dans *Le Rappel.* Il s'élève contre dix condamnations à mort, en Russie.
1883	Lettre à la reine Victoria pour la grâce de O'Donnell.
1885, 22 mai	Il meurt.
31 mai	Son cercueil est exposé sous l'Arc de triomphe,
1er juin	Funérailles nationales.

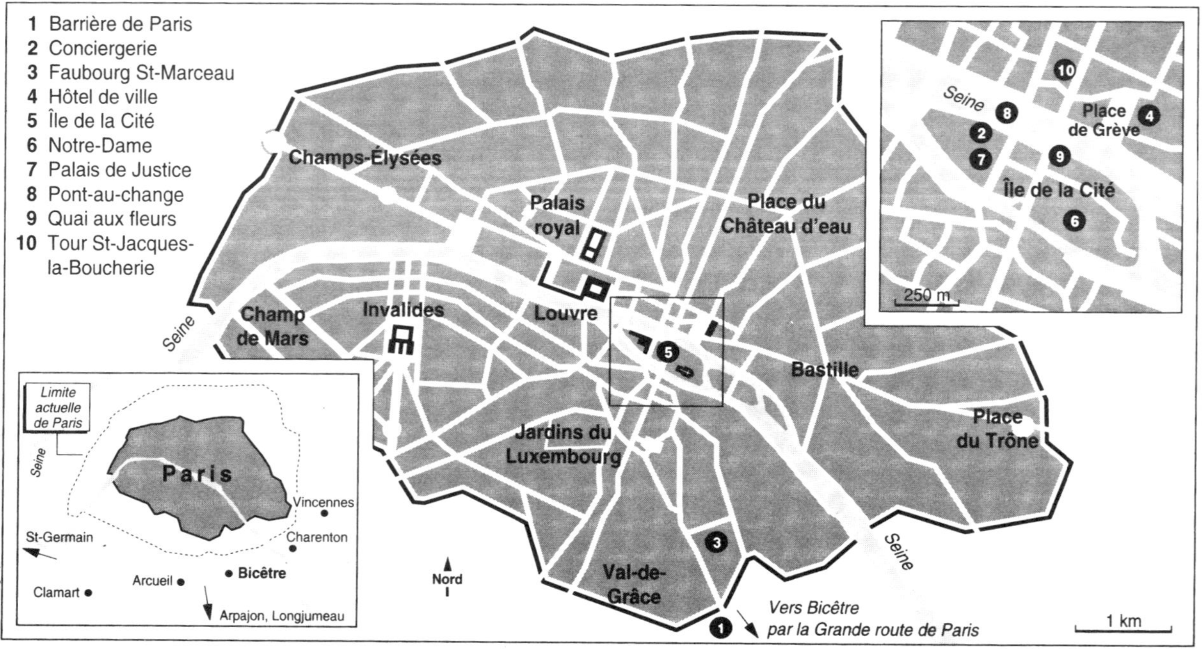

Carte : Edigraphie

Le dernier jour d'un condamné

I

Bicêtre [1]

Condamné à mort !

Voilà cinq semaines que j'habite avec cette pensée, toujours seul avec elle, toujours glacé de sa présence, toujours courbé sous son poids !

Autrefois, car il me semble qu'il y a plutôt des années que des semaines, j'étais un homme comme un autre homme. Chaque jour, chaque heure, chaque minute avait son idée. Mon esprit, jeune et riche, était plein de fantaisies. Il s'amusait à me les dérouler les unes après les autres, sans ordre et sans fin, brodant d'inépuisables arabesques cette rude et mince étoffe de la vie. C'étaient des jeunes filles, de splendides chapes [2] d'évêque, des batailles gagnées, des théâtres pleins de bruit et de lumière, et puis encore des jeunes filles et de sombres promenades la nuit sous les larges bras des marronniers. C'était toujours fête dans mon imagination. Je pouvais penser à ce que je voulais, j'étais libre.

---

1. L'histoire de cet édifice est relatée à la page 49 par Victor Hugo. Bâti sur l'ancien château de Bicêtre édifié au XVe siècle, Richelieu le construisit en 1632 pour accueillir les soldats infirmes. À l'époque de Hugo, c'est à la fois un hôpital et une prison. C'est pourquoi il comporte l'inscription Hospice de la Vieillesse (page 81), il accueille des « fous » (page 39) et reçoit en même temps les forçats et les condamnés à mort. Jusqu'à la veille du jour de son exécution, le narrateur-condamné séjourne dans ce lieu.
2. *Chape* : habit de cérémonie sans manches et doublé d'hermine.

Maintenant je suis captif. Mon corps est aux fers dans un cachot, mon esprit est en prison dans une idée. Une horrible, une sanglante, une implacable idée ! Je n'ai plus qu'une pensée, qu'une conviction, qu'une certitude : condamné à mort !

Quoi que je fasse, elle est toujours là, cette pensée infernale, comme un spectre de plomb à mes côtés, seule et jalouse, chassant toute distraction, face à face avec moi misérable, et me secouant de ses deux mains de glace quand je veux détourner la tête ou fermer les yeux. Elle se glisse sous toutes les formes où mon esprit voudrait la fuir, se mêle comme un refrain horrible à toutes les paroles qu'on m'adresse, se colle avec moi aux grilles hideuses de mon cachot ; m'obsède éveillé, épie mon sommeil convulsif, et reparaît dans mes rêves sous la forme d'un couteau.

Je viens de m'éveiller en sursaut, poursuivi par elle et me disant : — Ah ! ce n'est qu'un rêve ! — Hé bien ! avant même que mes yeux lourds aient eu le temps de s'entr'ouvrir assez pour voir cette fatale pensée écrite dans l'horrible réalité qui m'entoure, sur la dalle mouillée et suante de ma cellule, dans les rayons pâles de ma lampe de nuit, dans la trame grossière de la toile de mes vêtements, sur la sombre figure du soldat de garde dont la giberne [1] reluit à travers la grille du cachot, il me semble que déjà une voix a murmuré à mon oreille : — Condamné à mort !

---

1. *Giberne* : boîte que les soldats portent à leur ceinture et dans laquelle ils rangent leurs cartouches.

II

C'était par une belle matinée d'août. Il y avait trois jours que mon procès était entamé, trois jours que mon nom et mon crime ralliaient chaque matin une nuée de spectateurs, qui venaient s'abattre sur les bancs de la salle d'audience comme des corbeaux autour d'un cadavre, trois jours que toute cette fantasmagorie [1] des juges, des témoins, des avocats, des procureurs du roi, passait et repassait devant moi, tantôt grotesque, tantôt sanglante, toujours sombre et fatale. Les deux premières nuits, d'inquiétude et de terreur, je n'en avais pu dormir ; la troisième, j'en avais dormi d'ennui et de fatigue. À minuit, j'avais laissé les jurés délibérant. On m'avait ramené sur la paille de mon cachot, et j'étais tombé sur-le-champ dans un sommeil profond, dans un sommeil d'oubli. C'étaient les premières heures de repos depuis bien des jours.

J'étais encore au plus profond de ce profond sommeil lorsqu'on vint me réveiller. Cette fois il ne suffit point du pas lourd et des souliers ferrés du guichetier [2], du cliquetis de son nœud de clefs, du grincement rauque des verrous ; il fallut pour me tirer de ma léthargie sa rude voix à mon oreille et sa main rude sur mon bras. — Levez-vous donc ! — J'ouvris

1. *Une fantasmagorie* est un spectacle. En référence aux spectacles qui consistaient, par des jeux d'optique, à faire « apparaître » des fantômes dans une salle obscure.
2. *Guichetier* : préposé au guichet. Petite ouverture dans la porte du cachot permettant de parler, de surveiller et de faire passer le repas au condamné.

les yeux, je me dressai effaré sur mon séant. En ce moment, par l'étroite et haute fenêtre de ma cellule, je vis au plafond du corridor voisin, seul ciel qu'il me fût donné d'entrevoir, ce reflet jaune où des yeux habitués aux ténèbres d'une prison savent si bien reconnaître le soleil. J'aime le soleil.

— Il fait beau, dis-je au guichetier.

Il resta un moment sans me répondre, comme ne sachant si cela valait la peine de dépenser une parole ; puis avec quelque effort il murmura brusquement :

— C'est possible.

Je demeurais immobile, l'esprit à demi endormi, la bouche souriante, l'œil fixé sur cette douce réverbération dorée qui diaprait le plafond.

— Voilà une belle journée, répétai-je.

— Oui, me répondit l'homme, on vous attend.

Ce peu de mots, comme le fil qui rompt le vol de l'insecte, me rejeta violemment dans la réalité. Je revis soudain, comme dans la lumière d'un éclair, la sombre salle des assises, le fer à cheval des juges chargés de haillons ensanglantés, les trois rangs de témoins aux faces stupides, les deux gendarmes aux deux bouts de mon banc, et les robes noires s'agiter, et les têtes de la foule fourmiller au fond dans l'ombre, et s'arrêter sur moi le regard fixe de ces douze jurés, qui avaient veillé pendant que je dormais !

Je me levai ; mes dents claquaient, mes mains tremblaient et ne savaient où trouver mes vêtements, mes jambes étaient faibles. Au premier pas que je fis, je trébuchai comme un portefaix [1] trop chargé. Cependant je suivis le geôlier.

Les deux gendarmes m'attendaient au seuil de la cellule. On me remit les menottes. Cela avait une petite serrure compliquée qu'ils fermèrent avec soin. Je laissai faire : c'était une machine sur une machine.

Nous traversâmes une cour intérieure. L'air vif du matin me ranima. Je levai la tête. Le ciel était bleu, et les rayons chauds du soleil, découpés par les longues cheminées, traçaient de grands angles de lumière au faîte des murs hauts et sombres de la prison. Il faisait beau en effet.

Nous montâmes un escalier tournant en vis ; nous passâmes un corridor, puis un autre, puis un troisième ; puis une porte basse s'ouvrit. Un air chaud, mêlé de bruit, vint me frapper au visage ; c'était le souffle de la foule dans la salle des assises. J'entrai.

Il y eut à mon apparition une rumeur d'armes et de voix. Les banquettes se déplacèrent bruyamment. Les cloisons craquèrent ; et, pendant que je traversais la longue salle entre deux masses de peuple murées de soldats, il me semblait que j'étais le centre auquel se rattachaient les fils qui faisaient mouvoir toutes ces faces béantes [2] et penchées.

En cet instant je m'aperçus que j'étais sans fers ; mais je ne pus me rappeler où ni quand on me les avait ôtés.

1. *Portefaix* : celui dont le métier est de porter les fardeaux.

2. *Béantes* : qui ouvrent grand la bouche et les yeux, soit par étonnement, soit par surprise.

Alors il se fit un grand silence. J'étais parvenu à ma place. Au moment où le tumulte cessa dans la foule, il cessa aussi dans mes idées. Je compris tout à coup clairement ce que je n'avais fait qu'entrevoir confusément jusqu'alors, que le moment décisif était venu, et que j'étais là pour entendre ma sentence.

L'explique qui pourra, de la manière dont cette idée me vint elle ne me causa pas de terreur. Les fenêtres étaient ouvertes ; l'air et le bruit de la ville arrivaient librement du dehors ; la salle était claire comme pour une noce ; les gais rayons du soleil traçaient çà et là la figure lumineuse des croisées [1] tantôt allongée sur le plancher, tantôt développée sur les tables, tantôt brisée à l'angle des murs, et de ces

losanges éclatants aux fenêtres chaque rayon découpait dans l'air un grand prisme de poussière d'or.

Les juges, au fond de la salle, avaient l'air satisfait, probablement de la joie d'avoir bientôt fini. Le visage du président, doucement éclairé par le reflet d'une vitre, avait quelque chose de calme et de bon, et un jeune assesseur [2] causait presque gaiement en chiffonnant son rabat avec une jolie dame en chapeau rose, placée par faveur derrière lui.

Les jurés [3] seuls paraissaient blêmes et abattus, mais c'était apparemment de fatigue d'avoir veillé toute la nuit. Quelques-uns bâillaient. Rien, dans leur contenance, n'annonçait des hommes qui

---

1. *Croisées* : fenêtres.

2. Aux assises, le président siège entouré d'autres magistrats qu'on appelle ses *assesseurs*.

3. Depuis la Révolution, les crimes sont jugés par le peuple. Les citoyens tirés au sort pour juger sont les *jurés*.

viennent de porter une sentence de mort, et sur les figures de ces bons bourgeois je ne devinais qu'une grande envie de dormir.

En face de moi, une fenêtre était toute grande ouverte. J'entendais rire sur le quai des marchandes de fleurs ; et, au bord de la croisée, une jolie petite plante jaune, toute pénétrée d'un rayon de soleil, jouait avec le vent dans une fente de la pierre.

Comment une idée sinistre aurait-elle pu poindre parmi tant de gracieuses sensations ? Inondé d'air et de soleil, il me fut impossible de penser à autre chose qu'à la liberté ; l'espérance vint rayonner en moi comme le jour autour de moi ; et, confiant, j'attendis ma sentence comme on attend la délivrance et la vie.

Cependant mon avocat arriva. On l'attendait. Il venait de déjeuner copieusement et de bon appétit. Parvenu à sa place, il se pencha vers moi avec un sourire.

— J'espère, me dit-il.

— N'est-ce pas ? répondis-je, léger et souriant aussi.

— Oui, reprit-il ; je ne sais rien encore de leur déclaration, mais ils auront sans doute écarté la préméditation, et alors ce ne sera que les travaux forcés à perpétuité.

— Que dites-vous là, monsieur ? répliquai-je, indigné ; plutôt cent fois la mort !

Oui, la mort ! — Et d'ailleurs, me répétait je ne sais quelle voix intérieure, qu'est-ce que je risque à dire cela ? A-t-on jamais prononcé sentence de mort autrement qu'à minuit, aux flambeaux, dans une salle sombre et noire, et par une froide nuit de pluie et d'hiver ? Mais au mois d'août, à huit heures du matin, un si beau jour, ces bons jurés, c'est impossible ! Et mes yeux revenaient se fixer sur la jolie fleur jaune au soleil.

Tout à coup le président, qui n'attendait que l'avocat, m'invita à me lever. La troupe porta les armes ; comme par un mouvement électrique, toute l'assemblée fut debout au même instant. Une figure insignifiante et nulle, placée à une table au-dessous du tribunal, c'était, je pense, le greffier [1], prit la parole, et lut le verdict que les jurés avaient prononcé en mon absence. Une sueur froide sortit de tous mes membres ; je m'appuyai au mur pour ne pas tomber.

— Avocat, avez-vous quelque chose à dire sur l'application de la peine ? demanda le président.

J'aurais eu, moi, tout à dire, mais rien ne me vint. Ma langue resta collée à mon palais.

Le défenseur se leva.

Je compris qu'il cherchait à atténuer la déclaration du jury, et à mettre dessous, au lieu de la peine qu'elle provoquait, l'autre peine, celle que j'avais été si blessé de lui voir espérer.

Il fallut que l'indignation fût bien forte, pour se faire jour à travers les mille émotions qui se disputaient ma pensée. Je voulus répéter à haute voix ce que je lui avais déjà dit : Plutôt cent fois la mort ! Mais l'haleine me manqua, et je ne pus que l'arrêter rudement par le bras, en criant avec une force convulsive : Non !

1. *Le greffier* est celui qui, dans un tribunal, consigne par écrit ce qui se dit.

Le procureur général[1] combattit l'avocat je l'écoutai avec une satisfaction stupide. Puis les juges sortirent, puis ils rentrèrent, et le président me lut mon arrêt.

— Condamné à mort ! dit la foule ; et, tandis qu'on m'emmenait, tout ce peuple se rua sur mes pas avec le fracas d'un édifice qui se démolit. Moi, je marchais, ivre et stupéfait. Une révolution venait de se faire en moi. Jusqu'à l'arrêt de mort, je m'étais senti respirer, palpiter, vivre dans le même milieu que les autres hommes ; maintenant je distinguais clairement comme une clôture entre le monde et moi. Rien ne m'apparaissait plus sous le même aspect qu'auparavant. Ces larges fenêtres lumineuses, ce beau soleil, ce ciel pur, cette jolie fleur, tout cela était blanc et pâle, de la couleur d'un linceul. Ces hommes, ces femmes, ces enfants qui se pressaient sur mon passage, je leur trouvais des airs de fantômes.

Au bas de l'escalier, une noire et sale voiture grillée[2] m'attendait. Au moment d'y monter, je regardai au hasard dans la place. — Un condamné à mort ! criaient les passants en courant vers la voiture. À travers le nuage qui me semblait s'être interposé entre les choses et moi, je distinguai deux jeunes filles qui me suivaient avec des yeux avides.

— Bon, dit la plus jeune en battant des mains, ce sera dans six semaines !

1. *Le procureur général* requiert contre l'accusé, au nom du peuple, alors que *l'avocat* plaide en sa faveur.
2. *La voiture grillée* est l'ancêtre du fourgon cellulaire pour le transport des condamnés. Le véhicule, en fer ou en bois, est tiré par des chevaux.

III

Condamné à mort !

Eh bien, pourquoi non ? Les *hommes*, je me rappelle l'avoir lu dans je ne sais quel livre [1] où il n'y avait que cela de bon, *les hommes sont tous condamnés à mort avec des sursis indéfinis.* Qu'y a-t-il donc de si changé à ma situation ?

Depuis l'heure où mon arrêt m'a été prononcé, combien sont morts qui s'arrangeaient pour une longue vie ! Combien m'ont devancé qui, jeunes, libres et sains, comptaient bien aller voir tel jour tomber ma tête en place de Grève [2] ! Combien d'ici là peut-être qui marchent et respirent au grand air, entrent et sortent à leur gré, et qui me devanceront encore !

Et puis, qu'est-ce que la vie a donc de si regrettable pour moi ? En vérité, le jour sombre et le pain noir du cachot, la portion de bouillon maigre puisée au baquet des galériens [3], être rudoyé, moi qui suis raffiné par l'éducation, brutalisé des guichetiers et

1. Victor Hugo fait référence à un livre qu'il connaît bien, puisqu'il s'agit de son premier roman : *Han d'Islande.* Voici la citation complète : « Condamnés tous à mort avec des sursis indéfinis, c'est pour nous un objet de curiosité étrange et douloureux que l'infortuné qui sait précisément à quelle heure son sursis doit être levé. »

2. Il s'agit de l'actuelle place de l'Hôtel de Ville à Paris, lieu des exécutions publiques jusqu'en 1830. Son nom vient de la proximité de la grève descendant en pente douce vers la Seine. C'est sur cette place que la guillotine fit ses débuts le 25 avril 1792. Auparavant, les exécutions différaient selon le rang social et le type de crime : potence pour les gens du peuple, hache ou épée pour les gentilshommes, bûcher pour les hérétiques, écartèlement pour les coupables de lèse-majesté.

3. *Baquet des galériens* : grande cuve dans laquelle se trouvait le repas des condamnés aux galères.

des gardes-chiourme [1], ne pas voir un être humain qui me croie digne d'une parole et à qui je le rende, sans cesse tressaillir et de ce que j'ai fait et de ce qu'on me fera : voilà à peu près les seuls biens que puisse m'enlever le bourreau.

Ah, n'importe, c'est horrible !

IV

La voiture noire me transporta ici, dans ce hideux Bicêtre [2].

Vu de loin, cet édifice a quelque majesté. Il se déroule à l'horizon, au front d'une colline, et à distance garde quelque chose de son ancienne splendeur, un air de château de roi. Mais à mesure que vous approchez, le palais devient masure. Les pignons [3] dégradés blessent l'œil. Je ne sais quoi de honteux et d'appauvri salit ces royales façades, on dirait que les murs ont une lèpre. Plus de vitres, plus de glaces aux fenêtres ; mais de massifs barreaux de fer entre-croisés, auxquels se colle çà et là quelque hâve figure d'un galérien ou d'un fou. C'est la vie vue de près.

1. *Chiourme* : mot d'argot désignant l'ensemble des rameurs d'une galère, et par extension des forçats. La garde-chiourme signifie donc des gardiens chargés de leur surveillance.
2. *Bicêtre*, comme la plupart des châteaux, se situe sur une des collines au sud de Paris, dans l'actuel département du Val-de-Marne.
3. *Pignon* : partie triangulaire d'un mur qui porte un bout du toit.

V

À peine arrivé, des mains de fer s'emparèrent de moi. On multiplia les précautions ; point de couteau, point de fourchette pour mes repas, la *camisole de force*, une espèce de sac de toile à voilure, emprisonna mes bras ; on répondait de ma vie. Je m'étais pourvu en cassation [1]. On pouvait avoir pour six ou sept semaines cette affaire onéreuse, et il importait de me conserver sain et sauf à la place de Grève.

Les premiers jours on me traita avec une douceur qui m'était horrible. Les égards d'un guichetier sentent l'échafaud. Par bonheur, au bout de peu de jours, l'habitude reprit le dessus ; ils me confondirent avec les autres prisonniers dans une commune brutalité, et n'eurent plus de ces distinctions inaccoutumées de politesse qui me remettaient sans cesse le bourreau sous les yeux. Ce ne fut pas la seule amélioration. Ma jeunesse, ma docilité, les soins de l'aumônier de la prison, et surtout quelques mots en latin [2] que j'adressai au concierge, qui ne les comprit pas, m'ouvrirent la promenade une fois par semaine avec les autres détenus, et firent disparaître la camisole où j'étais paralysé. Après bien des hésitations, on m'a aussi donné de l'encre, du papier, des plumes, et une lampe de nuit.

---

1. Il n'y a pas d'appel pour les affaires jugées aux assises, mais on peut demander auprès de la Cour de cassation l'annulation d'un jugement.
2. Au XIXe siècle, seuls les bourgeois et les nobles apprennent le latin. Il y aura, au cours du récit, d'autres indices du rang social du condamné.

Tous les dimanches, après la messe, on me lâche dans le préau, à l'heure de la récréation. Là, je cause avec les détenus : il le faut bien. Ils sont bonnes gens, les misérables. Ils me content leurs *tours,* ce serait à faire horreur, mais je sais qu'ils se vantent. Ils m'apprennent à parler argot, à *rouscailler bigorne,* comme ils disent. C'est toute une langue entée [1] sur la langue générale comme une espèce d'excroissance hideuse, comme une verrue. Quelquefois une énergie singulière, un pittoresque effrayant : *il y a du raisiné sur le trimar* (du sang sur le chemin), *épouser la veuve* (être pendu), comme si la corde du gibet était veuve de tous les pendus. La tête d'un voleur a deux noms : *la sorbonne*, quand elle médite, raisonne et conseille le crime ; *la tronche,* quand le bourreau la coupe. Quelquefois de l'esprit de vaudeville : *un cachemire* d'osier (une hotte de chiffonnier), *la menteuse* (la langue) ; et puis partout, à chaque instant, des mots bizarres, mystérieux, laids et sordides, venus on ne sait d'où : *le taule* (le bourreau), *la cône* (la mort), *la placarde* (la place des exécutions). On dirait des crapauds et des araignées. Quand on entend parler cette langue, cela fait l'effet de quelque chose de sale et de poudreux, d'une liasse de haillons que l'on secouerait devant vous.

Du moins, ces hommes-là me plaignent, ils sont les seuls. Les geôliers, les guichetiers, les porte-clefs — je ne leur en veux pas — causent et rient, et parlent de moi, devant moi, comme d'une chose.

1. *Entée* : greffée.

VI [1]

Je me suis dit :

— Puisque j'ai le moyen d'écrire, pourquoi ne le ferais-je pas ? Mais quoi écrire ? Pris entre quatre murailles de pierre nue et froide, sans liberté pour mes pas, sans horizon pour mes yeux, pour unique distraction machinalement occupé tout le jour à suivre la marche lente de ce carré blanchâtre que le judas [2] de ma porte découpe vis-à-vis sur le mur sombre, et, comme je le disais tout à l'heure, seul à seul avec une idée, une idée de crime et de châtiment, de meurtre et de mort ! Est-ce que je puis avoir quelque chose à dire, moi qui n'ai plus rien à faire dans ce monde ? Et que trouverai-je dans ce cerveau flétri et vide qui vaille la peine d'être écrit ?

Pourquoi non ? Si tout, autour de moi, est monotone et décoloré, n'y a-t-il pas en moi une tempête, une lutte, une tragédie ? Cette idée fixe qui me possède ne se présente-t-elle pas à moi à chaque heure, à chaque instant, sous une nouvelle forme, toujours plus hideuse et plus ensanglantée à mesure que le

1. La première édition du *Dernier Jour d'un condamné* ne comportait pas de Préface, ce chapitre, et le suivant, éclairant suffisamment la visée argumentative du récit. Au vu des commentaires qui ont suivi la parution, Victor Hugo a estimé qu'ils étaient insuffisants et qu'il lui fallait justifier, en son nom propre et au travers de son expérience personnelle, son combat contre la peine de mort. L'édition de 1832 sera accompagnée d'une véritable Préface dont nous donnons des extraits dans le dossier.

2. *Judas* : petite ouverture dans la porte du cachot qui permet aux gardiens de surveiller le prisonnier.

terme approche ? Pourquoi n'essaierais-je pas de me dire à moi-même tout ce que j'éprouve de violent et d'inconnu dans la situation abandonnée où me voilà ? Certes, la matière est riche ; et, si abrégée que soit ma vie, il y aura bien encore dans les angoisses, dans les terreurs, dans les tortures qui la rempliront de cette heure à la dernière, de quoi user cette plume et tarir cet encrier. — D'ailleurs, ces angoisses, le seul moyen d'en moins souffrir, c'est de les observer, et les peindre m'en distraira.

Et puis, ce que j'écrirai ainsi ne sera peut-être pas inutile. Ce journal de mes souffrances, heure par heure, minute par minute, supplice par supplice, si j'ai la force de le mener jusqu'au moment où il me sera *physiquement* impossible de continuer, cette histoire, nécessairement inachevée, mais aussi complète que possible, de mes sensations, ne portera-t-elle point avec elle un grand et profond enseignement ? N'y aura-t-il pas dans ce procès-verbal de la pensée agonisante, dans cette progression toujours croissante de douleurs, dans cette espèce d'autopsie intellectuelle d'un condamné, plus d'une leçon pour ceux qui condamnent ? Peut-être cette lecture leur rendra-t-elle la main moins légère, quand il s'agira quelque autre fois de jeter une tête qui pense, une tête d'homme, dans ce qu'ils appellent la balance de la justice ? Peut-être n'ont-ils jamais réfléchi, les malheureux, à cette lente succession de tortures que renferme la formule expéditive d'un arrêt de mort ? Se sont-ils jamais seulement arrêtés à cette idée poignante que dans l'homme qu'ils retranchent il y a une intelligence ; une intelligence qui avait compté sur la vie, une âme qui ne s'est point disposée pour la mort ? Non. Ils ne voient dans tout cela que la chute verticale d'un couteau triangulaire, et pensent sans doute que pour le condamné il n'y a rien avant, rien après.

Ces feuilles les détromperont. Publiées peut-être un jour, elles arrêteront quelques moments leur esprit sur les souffrances de l'esprit ; car ce sont celles-là qu'ils ne soupçonnent pas. Ils sont triomphants de pouvoir tuer sans presque faire souffrir le corps. Hé ! c'est bien de cela qu'il s'agit ! Qu'est-ce que la douleur physique près de la douleur morale ! Horreur et pitié, des lois faites ainsi ! Un jour viendra, et peut-être ces Mémoires, derniers confidents d'un misérable, y auront-ils contribué...

À moins qu'après ma mort le vent ne joue dans le préau avec ces morceaux de papier souillés de boue, ou qu'ils n'aillent pourrir à la pluie, collés en étoiles à la vitre cassée d'un guichetier.

VII

Que ce que j'écris ici puisse être un jour utile à d'autres, que cela arrête le juge prêt à juger, que cela sauve des malheureux, innocents ou coupables, de l'agonie à laquelle je suis condamné, pourquoi ? à quoi bon ? qu'importe ? Quand ma tête aura été coupée, qu'est-ce que cela me fait qu'on en coupe d'autres ? Est-ce que vraiment j'ai pu penser ces folies ? Jeter bas l'échafaud après que j'y aurai monté ! je vous demande un peu ce qui m'en reviendra.

Quoi ! le soleil, le printemps, les champs pleins de fleurs, les oiseaux qui s'éveillent le matin, les nuages, les arbres, la nature, la liberté, la vie, tout cela n'est plus à moi !

Ah ! c'est moi qu'il faudrait sauver ! — Est-il bien vrai que cela ne se peut, qu'il faudra mourir demain, aujourd'hui peut-être, que cela est ainsi ? Ô Dieu ! l'horrible idée à se briser la tête au mur de son cachot !

VIII

Comptons ce qui me reste :

Trois jours de délai après l'arrêt prononcé pour le pourvoi en cassation.

Huit jours d'oubli au parquet de la cour d'assises [1], après quoi les *pièces* [2], comme ils disent, sont envoyées au ministre.

Quinze jours d'attente chez le ministre, qui ne sait seulement pas qu'elles existent, et qui cependant est supposé les transmettre, après examen, à la Cour de cassation.

Là, classement, numérotage, enregistrement ; car la guillotine est encombrée, et chacun ne doit passer qu'à son tour.

Quinze jours pour veiller à ce qu'il ne vous soit pas fait de passe-droit.

1. Le *parquet* est le secrétariat du procureur. Le mot parquet désigne les magistrats qui requièrent contre l'accusé, car, à l'origine, ils se tenaient sur le parquet, alors que les magistrats qui jugent étaient sur une estrade.
2. *Les pièces* sont les documents constitutifs du dossier.

Enfin la cour s'assemble, d'ordinaire un jeudi, rejette vingt pourvois en masse, et renvoie le tout au ministre, qui renvoie au procureur général, qui renvoie au bourreau. Trois jours.

Le matin du quatrième jour, le substitut du procureur général [1] se dit, en mettant sa cravate : — Il faut pourtant que cette affaire finisse. — Alors, si le substitut du greffier n'a pas quelque déjeuner d'amis qui l'en empêche, l'ordre d'exécution est minuté, rédigé, mis au net, expédié, et le lendemain dès l'aube on entend dans la place de Grève clouer une charpente et dans les carrefours hurler à pleine voix des crieurs [2] enroués.

En tout six semaines. La petite fille avait raison.

Or, voilà cinq semaines au moins, six peut-être, je n'ose compter, que je suis dans ce cabanon de Bicêtre, et il me semble qu'il y a trois jours c'était jeudi.

IX

Je viens de faire mon testament.

À quoi bon ? Je suis condamné aux frais, et tout ce que j'ai y suffira à peine. La guillotine, c'est fort cher. Je laisse une mère, je laisse une femme, je laisse un enfant.

Une petite fille de trois ans, douce, rose, frêle, avec de grands yeux noirs et de longs cheveux châtains.

---

1. C'est celui qui assiste ou remplace le procureur général.
2. *Les crieurs* sont chargés d'annoncer oralement les nouvelles publiques.

Elle avait deux ans et un mois quand je l'ai vue pour la dernière fois.

Ainsi, après ma mort, trois femmes, sans fils, sans mari, sans père ; trois orphelines de différente espèce ; trois veuves du fait de la loi.

J'admets que je sois justement puni ; ces innocentes, qu'ont-elles fait ? N'importe ; on les déshonore, on les ruine. C'est la justice. Ce n'est pas que ma pauvre vieille mère m'inquiète ; elle a soixante-quatre ans, elle mourra du coup. Ou si elle va quelques jours encore, pourvu que jusqu'au dernier moment elle ait un peu de cendre chaude dans sa chaufferette, elle ne dira rien.

Ma femme ne m'inquiète pas non plus ; elle est déjà d'une mauvaise santé et d'un esprit faible. Elle mourra aussi.

À moins qu'elle ne devienne folle. On dit que cela fait vivre ; mais du moins, l'intelligence ne souffre pas ; elle dort, elle est comme morte [1].

Mais ma fille, mon enfant, ma pauvre petite Marie, qui rit, qui joue, qui chante à cette heure et ne pense à rien, c'est celle-là qui me fait mal !

1. Cette association du fou à un mort-vivant est une idée qui revient souvent sous la plume de Victor Hugo, et qui se nourrit probablement de son expérience personnelle. Son frère, Eugène, est en effet interné depuis 1823 dans un hôpital psychiatrique. Plus tard, sa fille, Adèle, connaîtra un sort similaire.

X

Voici ce que c'est que mon cachot :

Huit pieds [1] carrés. Quatre murailles de pierre de taille qui s'apppuient à angle droit sur un pavé de dalles exhaussé [2] d'un degré au-dessus du corridor extérieur.

À droite de la porte, en entrant, une espèce d'enfoncement qui fait la dérision d'une alcôve [3]. On y jette une botte de paille où le prisonnier est censé reposer et dormir, vêtu d'un pantalon de toile et d'une veste de coutil, hiver comme été.

Au-dessus de ma tête, en guise de ciel, une noire voûte en *ogive* [4] — c'est ainsi que cela s'appelle — à laquelle d'épaisses toiles d'araignée pendent comme des haillons.

Du reste, pas de fenêtres, pas même de soupirail [5]. Une porte où le fer cache le bois.

Je me trompe ; au centre de la porte, vers le haut, une ouverture de neuf pouces [6] carrés, coupée d'une grille en croix, et que le guichetier peut fermer la nuit.

---

1. *Pied* : ancienne unité de mesure. Le cachot fait d'après la description 2,5 m^2.
2. Il a été augmenté en hauteur.
3. *Une alcôve* est un renfoncement dans le mur d'une pièce pour un ou plusieurs lits.
4. Le plafond a la forme d'un arc brisé.
5. *Un soupirail* est une ouverture dans le soubassement d'un rez-de-chaussée pour donner de l'air, de la lumière aux caves et aux pièces en sous-sol.
6. *Pouce* : ancienne mesure de longueur correspondant à 2,54 cm.

Au-dehors, un assez long corridor, éclairé, aéré au moyen de soupiraux étroits au haut du mur, et divisé en compartiments de maçonnerie qui communiquent entre eux par une série de portes cintrées et basses ; chacun de ces compartiments sert en quelque sorte d'antichambre à un cachot pareil au mien. C'est dans ces cachots que l'on met les forçats condamnés par le directeur de la prison à des peines de discipline [1]. Les trois premiers cabanons sont réservés aux condamnés à mort, parce qu'étant plus voisins de la geôle [2] ils sont plus commodes pour le geôlier.

Ces cachots sont tout ce qui reste de l'ancien château de Bicêtre tel qu'il fut bâti dans le quinzième siècle par le cardinal de Winchester, le même qui fit brûler Jeanne d'Arc. J'ai entendu dire cela à des curieux qui sont venus me voir l'autre jour dans ma loge, et qui me regardaient à distance comme une bête de la ménagerie. Le guichetier a eu cent sous.

J'oubliais de dire qu'il y a nuit et jour un factionnaire [3] de garde à la porte de mon cachot, et que mes yeux ne peuvent se lever vers la lucarne carrée sans rencontrer ses deux yeux fixes toujours ouverts.

Du reste, on suppose qu'il y a de l'air et du jour dans cette boîte de pierre.

1. Ce sont des peines rajoutées à la peine initiale pour des délits commis à l'intérieur de la prison.

2. *Geôle* : prison.

3. *Factionnaire* : soldat en faction qui surveille.

XI

Puisque le jour ne paraît pas encore, que faire de la nuit ? Il m'est venu une idée. Je me suis levé et j'ai promené ma lampe sur les quatre murs de ma cellule. Ils sont couverts d'écritures, de dessins, de figures bizarres, de noms qui se mêlent et s'effacent les uns les autres. Il semble que chaque condamné ait voulu laisser trace, ici du moins. C'est du crayon, de la craie, du charbon, des lettres noires, blanches, grises, souvent de profondes entailles dans la pierre, çà et là des caractères rouillés qu'on dirait écrits avec du sang. Certes, si j'avais l'esprit plus libre, je prendrais intérêt à ce livre étrange qui se développe page à page à mes yeux sur chaque pierre de ce cachot. J'aimerais à recomposer un tout de ces fragments de pensée, épars sur la dalle ; à retrouver chaque homme sous chaque nom ; à rendre le sens et la vie à ces inscriptions mutilées, à ces phrases démembrées, à ces mots tronqués, corps sans tête comme ceux qui les ont écrits.

À la hauteur de mon chevet, il y a deux cœurs enflammés, percés d'une flèche, et au-dessus : *Amour pour la vie.* Le malheureux ne prenait pas un long engagement.

À côté, une espèce de chapeau à trois cornes avec une petite figure grossièrement dessinée au-dessous, et ces mots : *Vive l'empereur ! 1824*[1].

Encore des cœurs enflammés, avec cette inscrip-

---

1. Il s'agit de l'empereur Napoléon Ier. Notons qu'en 1824, il est mort depuis trois ans.

tion, caractéristique dans une prison : *J'aime et j'adore Mathieu Danvin.* JACQUES.

Sur le mur opposé on lit ce nom : Papavoine [1]. Le *P* majuscule est brodé d'arabesques et enjolivé avec soin.

Un couplet d'une chanson obscène.

Un bonnet de liberté sculpté assez profondément dans la pierre, avec ceci dessous : — *Bories.* — *La République.* C'était un des quatre sous-officers de La Rochelle [2]. Pauvre jeune homme ! Que leurs prétendues nécessités politiques sont hideuses ! Pour une idée, pour une rêverie, pour une abstraction, cette horrible réalité qu'on appelle la guillotine ! Et moi qui me plaignais, moi, misérable qui ai commis un véritable crime, qui ai versé du sang !

Je n'irai pas plus loin dans ma recherche. — Je viens de voir, crayonnée en blanc au coin du mur, une image épouvantable, la figure de cet échafaud qui, à l'heure qu'il est, se dresse peut-être pour moi — La lampe a failli me tomber des mains.

XII

Je suis revenu m'asseoir précipitamment sur ma paille, la tête dans les genoux. Puis mon effroi d'en-

1. *Papavoine* : criminel célèbre exécuté le 25 mars 1825. Il avait poignardé deux petits garçons dans le bois de Vincennes sous les yeux de leur mère. Hugo dans *Les Misérables* (III, 1, 7) y fait encore allusion. Son crime est probablement pour lui le comble de la barbarie.

2. Le 21 septembre 1822, les « quatre sergents de La Rochelle » sont exécutés en place de Grève, pour complot républicain. Bories était leur chef. Un ami d'enfance de Victor Hugo, Édouard Delon, est également condamné à mort par contumace. Hugo assiste à quelques séances de ce célèbre procès.

fant s'est dissipé, et une étrange curiosité m'a repris de continuer la lecture de mon mur.

À côté du nom de Papavoine j'ai arraché une énorme toile d'araignée, tout épaissie par la poussière et tendue à l'angle de la muraille. Sous cette toile il y avait quatre ou cinq noms parfaitement lisibles, parmi d'autres dont il ne reste rien qu'une tache sur le mur. — DAUTUN, 1815. — POULAIN, 1818. — JEAN MARTIN, 1821. — CASTAING, 1823. J'ai lu ces noms, et de lugubres souvenirs me sont venus : Dautun, celui qui a coupé son frère en quartiers, et qui allait la nuit dans Paris jetant la tête dans une fontaine et le tronc dans un égout ; Poulain, celui qui a assassiné sa femme ; Jean Martin, celui qui a tiré un coup de pistolet à son père au moment où le vieillard ouvrait une fenêtre ; Castaing, ce médecin qui a empoisonné son ami, et qui, le soignant dans cette dernière maladie qu'il lui avait faite, au lieu de remède lui redonnait du poison ; et auprès de ceux-là, Papavoine, l'horrible fou qui tuait les enfants à coups de couteau sur la tête !

Voilà, me disais-je, et un frisson de fièvre me montait dans les reins, voilà quels ont été avant moi les hôtes de cette cellule. C'est ici, sur la même dalle où je suis, qu'ils ont pensé leurs dernières pensées, ces hommes de meurtre et de sang ! C'est autour de ce mur, dans ce carré étroit, que leurs derniers pas ont tourné comme ceux d'une bête fauve. Ils se sont succédé à de courts intervalles ; il paraît que ce cachot ne désemplit pas. Ils ont laissé la place chaude, et c'est à moi qu'ils l'ont laissée. J'irai à mon tour les rejoindre au cimetière de Clamart où l'herbe pousse si bien[1] !

Je ne suis ni visionnaire, ni superstitieux. Il est probable que ces idées me donnaient un accès de fièvre ; mais pendant que je rêvais ainsi, il m'a semblé tout à coup que ces noms fatals étaient écrits avec du feu sur le mur noir ; un tintement de plus en plus précipité a éclaté dans mes oreilles ; une lueur rousse a rempli mes yeux ; et puis il m'a paru que le cachot était plein d'hommes, d'hommes étranges qui portaient leur tête dans leur main gauche, et la portaient par la bouche, parce qu'il n'y avait pas de chevelure. Tous me montraient le poing, excepté le parricide [2].

J'ai fermé les yeux avec horreur, alors j'ai tout vu plus distinctement.

Rêve, vision ou réalité, je serais devenu fou, si une impression brusque ne m'eût réveillé à temps. J'étais près de tomber à la renverse lorsque j'ai senti se traîner sur mon pied nu un ventre froid et des pattes velues ; c'était l'araignée que j'avais dérangée et qui s'enfuyait.

Cela m'a dépossédé. — Ô les épouvantables spectres ! — Non, c'était une fumée, une imagination de mon cerveau vide et convulsif. Chimère à la

1. Hugo fait sans doute référence à la légende qui veut que l'herbe pousse mieux sous les potences, et par extension partout où se trouvent les cadavres de criminels. Le cimetière de Clamart est le cimetière des pauvres, c'est là que se trouve la fosse commune.

2. Avant sa décapitation, on coupait le poing du meurtrier de ses parents.

Macbeth [1]. Les morts sont morts, ceux-là surtout. Ils sont bien cadenassés dans le sépulcre [2]. Ce n'est pas là une prison dont on s'évade. Comment se fait-il donc que j'aie eu peur ainsi ?

La porte du tombeau ne s'ouvre pas en dedans.

XIII

J'ai vu, ces jours passés, une chose hideuse.

Il était à peine jour, et la prison était pleine de bruit. On entendait ouvrir et fermer les lourdes portes, grincer les verrous et les cadenas de fer, carillonner les trousseaux de clefs entre-choqués à la ceinture des geôliers, trembler les escaliers du haut en bas sous des pas précipités, et des voix s'appeler et se répondre des deux bouts des longs corridors. Mes voisins de cachot, les forçats en punition, étaient plus gais qu'à l'ordinaire. Tout Bicêtre semblait rire, chanter, courir, danser.

Moi, seul muet dans ce vacarme, seul immobile dans ce tumulte, étonné et attentif, j'écoutais.

Un geôlier passa.

Je me hasardai à l'appeler et à lui demander si c'était fête dans la prison.

1. Il s'agit d'une référence à une pièce de Shakespeare, *Macbeth*. Ce dernier, poussé par sa femme, a assassiné le roi d'Écosse et son meilleur ami pour devenir roi. En proie au remords, le couple est hanté par l'horreur de ses crimes. Macbeth croit voir le spectre de son ami ; sa femme, Lady Macbeth, apparaît, dans une crise de somnambulisme, pleine du sang innocent qu'elle a fait verser.

2. Il s'agit du tombeau du Christ, qui s'est ouvert après la Résurrection.

— Fête si l'on veut ! me répondit-il. C'est aujourd'hui qu'on ferre les forçats qui doivent partir demain pour Toulon [1]. Voulez-vous voir, cela vous amusera. C'était en effet, pour un reclus [2] solitaire, une bonne fortune qu'un spectacle, si odieux qu'il fût. J'acceptai l'amusement.

Le guichetier prit les précautions d'usage pour s'assurer de moi, puis me conduisit dans une petite cellule vide, et absolument démeublée, qui avait une fenêtre grillée, mais une véritable fenêtre à hauteur d'appui, et à travers laquelle on apercevait réellement le ciel.

— Tenez, me dit-il, d'ici vous verrez et vous entendrez. Vous serez seul dans votre loge comme le roi.

Puis il sortit et referma sur moi serrures, cadenas et verrous.

La fenêtre donnait sur une cour carrée assez vaste, et autour de laquelle s'élevait des quatre côtés, comme une muraille, un grand bâtiment de pierre de taille à six étages. Rien de plus dégradé, de plus nu, de plus misérable à l'œil que cette quadruple façade percée d'une multitude de fenêtres grillées auxquelles se tenaient collés, du bas en haut, une foule de visages maigres et blêmes, pressés les uns au-dessus des autres, comme les pierres d'un mur, et tous pour ainsi dire encadrés dans les entre-croisements des barreaux de fer. C'étaient les prisonniers, spectateurs de la cérémonie en attendant leur jour

1. *Toulon* : un des célèbres bagnes français avec celui de l'île de Ré. De là, les forçats pouvaient être embarqués vers ceux de Guyane et de Nouvelle-Calédonie.

2. *Reclus* : personne renfermée et isolée.

d'être acteurs. On eût dit des âmes en peine aux soupiraux du purgatoire qui donnent sur l'enfer.

Tous regardaient en silence la cour vide encore. Ils attendaient. Parmi ces figures éteintes et mornes, çà et là brillaient quelques yeux perçants et vifs comme des points de feu.

Le carré de prisons qui enveloppe la cour ne se referme pas sur lui-même. Un des quatre pans de l'édifice (celui qui regarde le levant) est coupé vers son milieu, et ne se rattache au pan voisin que par une grille de fer. Cette grille s'ouvre sur une seconde cour, plus petite que la première, et, comme elle, bloquée de murs et de pignons noirâtres.

Tout autour de la cour principale, des bancs de pierre s'adossent à la muraille. Au milieu se dresse une tige de fer courbée, destinée à porter une lanterne.

Midi sonna. Une grande porte cochère, cachée sous un enfoncement, s'ouvrit brusquement. Une charrette, escortée d'espèces de soldats sales et honteux, en uniformes bleus, à épaulettes rouges et à bandoulières jaunes, entra lourdement dans la cour avec un bruit de ferraille. C'était la chiourme et les chaînes.

Au même instant, comme si ce bruit réveillait tout le bruit de la prison, les spectateurs des fenêtres, jusqu'alors silencieux et immobiles, éclatèrent en cris de joie, en chansons, en menaces, en imprécations[1] mêlées d'éclats de rire poignants à entendre. On eût cru voir des masques de démons.

1. Ce sont des souhaits de malheur formulés contre quelqu'un.

Sur chaque visage parut une grimace, tous les poings sortirent des barreaux, toutes les voix hurlèrent, tous les yeux flamboyèrent, et je fus épouvanté de voir tant d'étincelles reparaître dans cette cendre.

Cependant les argousins[1], parmi lesquels on distinguait, à leurs vêtements propres et à leur effroi, quelques curieux venus de Paris, les argousins se mirent tranquillement à leur besogne. L'un d'eux monta sur la charrette, et jeta à ses camarades les chaînes, les colliers de voyage [2], et les liasses de pantalons de toile. Alors ils se dépecèrent [3] le travail ; les uns allèrent étendre dans un coin de la cour les longues chaînes qu'ils nommaient dans leur argot *les ficelles* ; les autres déployèrent sur le pavé *les taffetas*, les chemises et les pantalons ; tandis que les plus sagaces [4] examinaient un à un, sous l'œil de leur capitaine, petit vieillard trapu, les carcans [5] de fer, qu'ils éprouvaient ensuite en les faisant étinceler sur le pavé. Le tout aux acclamations railleuses des prisonniers, dont la voix n'était dominée que par les rires bruyants des forçats pour qui cela se préparait, et qu'on voyait relégués aux croisées de la vieille prison qui donne sur la petite cour.

1. *Argousins* : officiers des galères.
2. Pour leur transport, les forçats étaient reliés entre eux par des colliers de métal. Victor Hugo décrit dans les pages suivantes cette cruelle pratique.
3. Cette image fait référence à la mise en pièces d'un animal.
4. Ceux qui se caractérisent par leur vivacité d'esprit, leur talent d'observation et d'intuition.
5. *Les carcans* sont une pièce de fer qui serre le cou. Autre manière de désigner les colliers.

Quand ces apprêts furent terminés, un monsieur brodé en argent, qu'on appelait *monsieur l'inspecteur*, donna un ordre au *directeur* de la prison ; et un moment après, voilà que deux ou trois portes basses vomirent presque en même temps, et comme par bouffées, dans la cour, des nuées d'hommes hideux, hurlants et déguenillés. C'étaient les forçats.

À leur entrée, redoublement de joie aux fenêtres. Quelques-uns d'entre eux, les grands noms du bagne, furent salués d'acclamations et d'applaudissements qu'ils recevaient avec une sorte de modestie fière. La plupart avaient des espèces de chapeaux tressés de leurs propres mains avec la paille du cachot, et toujours d'une forme étrange, afin que dans les villes où l'on passerait le chapeau fît remarquer la tête. Ceux-là étaient plus applaudis encore. Un, surtout, excita des transports d'enthousiasme : un jeune homme de dix-sept ans, qui avait un visage de jeune fille. Il sortait du cachot, où il était au secret depuis huit jours ; de sa botte de paille il s'était fait un vêtement qui l'enveloppait de la tête aux pieds, et il entra dans la cour en faisant la roue sur lui-même avec l'agilité d'un serpent. C'était un baladin [1] condamné pour vol. Il y eut une rage de battements de mains et de cris de joie. Les galériens y répondaient, et c'était une chose effrayante que cet échange de gaietés entre les forçats en titre et les forcats aspirants [2]. La société avait beau être là, représentée par les geôliers et les curieux épouvan-

1. *Baladin* : comédien ambulant.
2. Ce sont les futurs forçats.

tés, le crime la narguait en face, et de ce châtiment horrible faisait une fête de famille.

À mesure qu'ils arrivaient, on les poussait, entre deux haies de gardes-chiourme, dans la petite cour grillée, où la visite des médecins les attendait. C'est là que tous tentaient un dernier effort pour éviter le voyage, alléguant quelque excuse de santé, les yeux malades, la jambe boiteuse, la main mutilée. Mais presque toujours on les trouvait bons pour le bagne ; et alors chacun se résignait avec insouciance, oubliant en peu de minutes sa prétendue infirmité de toute la vie.

La grille de la petite cour se rouvrit. Un gardien fit l'appel par ordre alphabétique ; et alors ils sortirent un à un, et chaque forçat s'alla ranger debout dans un coin de la grande cour, près d'un compagnon donné par le hasard de sa lettre initiale. Ainsi chacun se voit réduit à lui-même ; chacun porte sa chaîne pour soi, côte à côte avec un inconnu ; et si par hasard un forçat a un ami, la chaîne l'en sépare. Dernière des misères !

Quand il y en eut à peu près une trentaine de sortis, on referma la grille. Un argousin les aligna avec son bâton, jeta devant chacun d'eux une chemise, une veste et un pantalon de grosse toile, puis fit un signe, et tous commencèrent à se déshabiller. Un incident inattendu vint, comme à point nommé, changer cette humiliation en torture.

Jusqu'alors le temps avait été assez beau, et, si la bise d'octobre refroidissait l'air, de temps en temps aussi elle ouvrait çà et là dans les brumes grises du ciel une crevasse par où tombait un rayon de soleil. Mais à peine les forçats se furent-ils dépouillés de leurs haillons de prison, au moment où ils s'offraient nus et debout à la visite soupçonneuse des gardiens, et aux regards curieux des étrangers qui tournaient autour d'eux pour examiner leurs épaules, le ciel devint noir, une froide averse d'automne éclata brusquement, et se déchargea à torrents dans la cour carrée, sur les têtes découvertes, sur les membres nus des galériens, sur leurs misérables sayons [1] étalés sur le pavé.

En un clin d'œil le préau se vida de tout ce qui n'était pas argousin ou galérien. Les curieux de Paris allèrent s'abriter sous les auvents des portes.

Cependant la pluie tombait à flots. On ne voyait plus dans la cour que les forçats nus et ruisselants sur le pavé noyé. Un silence morne avait succédé à leurs bruyantes bravades. Ils grelottaient, leurs dents claquaient ; leurs jambes maigries, leurs genoux noueux s'entre-choquaient ; et c'était pitié de les voir appliquer sur leurs membres bleus ces chemises trempées, ces vestes, ces pantalons dégouttant de pluie. La nudité eût été meilleure.

Un seul, un vieux, avait conservé quelque gaieté. Il s'écria, en s'essuyant avec sa chemise mouillée, que *cela n'était pas dans le programme* ; puis se prit à rire en montrant le poing au ciel.

Quand ils eurent revêtu les habits de route, on les mena par bandes de vingt ou trente à l'autre coin du préau, où les cordons allongés à terre les attendaient. Ces cordons sont de longues et fortes chaînes coupées transversalement de deux en deux pieds par d'autres chaînes plus courtes, à l'extré-

1. *Sayon* : vêtement grossier à larges manches.

mité desquelles se rattache un carcan carré, qui s'ouvre au moyen d'une charnière pratiquée à l'un des angles et se ferme à l'angle opposé par un boulon de fer, rivé pour tout le voyage sur le cou du galérien. Quand ces cordons sont développés à terre, ils figurent assez bien la grande arête d'un poisson.

On fit asseoir les galériens dans la boue, sur les pavés inondés ; on leur essaya les colliers ; puis deux forgerons de la chiourme, armés d'enclumes portatives, les leur rivèrent à froid à grands coups de masses de fer. C'est un moment affreux, où les plus hardis pâlissent. Chaque coup de marteau, assené sur l'enclume appuyée à leur dos, fait rebondir le menton du patient ; le moindre mouvement d'avant en arrière lui ferait sauter le crâne comme une coquille de noix.

Après cette opération, ils devinrent sombres. On n'entendait plus que le grelottement des chaînes, et par intervalles un cri et le bruit sourd du bâton des gardes-chiourme sur les membres des récalcitrants. Il y en eut qui pleurèrent ; les vieux frissonnaient et se mordaient les lèvres. Je regardai avec terreur tous ces profils sinistres dans leurs cadres de fer.

Ainsi, après la visite des médecins, la visite des geôliers ; après la visite des geôliers, le ferrage. Trois actes à ce spectacle.

Un rayon de soleil reparut. On eût dit qu'il mettait le feu à tous ces cerveaux. Les forçats se levèrent à la fois, comme par un mouvement convulsif. Les cinq cordons se rattachèrent par les mains, et tout à coup se formèrent en ronde immense autour de la branche de la lanterne. Ils tournaient à fatiguer les yeux. Ils chantaient une chanson du bagne, une romance [1] d'argot, sur un air tantôt plaintif, tantôt furieux et gai ; on entendait par intervalles des cris grêles, des éclats de rire déchirés et haletants se mêler aux mystérieuses paroles puis des acclamations furibondes ; et les chaînes qui s'entre-choquaient en cadence servaient d'orchestre à ce chant plus rauque que leur bruit. Si je cherchais une image du sabbat [2], je ne la voudrais ni meilleure ni pire.

On apporta dans le préau un large baquet. Les gardes-chiourme rompirent la danse des forçats à coups de bâton, et les conduisirent à ce baquet dans lequel on voyait nager je ne sais quelles herbes dans je ne sais quel liquide fumant et sale. Ils mangèrent.

Puis, ayant mangé, ils jetèrent sur le pavé ce qui restait de leur soupe et de leur pain bis [3], se remirent à danser et à chanter. Il paraît qu'on leur laisse cette liberté le jour du ferrage et la nuit qui le suit.

J'observais ce spectacle étrange avec une curiosité si avide, si palpitante, si attentive, que je m'étais oublié moi-même. Un profond sentiment de pitié me remuait jusqu'aux entrailles, et leurs rires me faisaient pleurer.

Tout à coup, à travers la rêverie profonde où j'étais tombé, je vis la ronde hurlante s'arrêter et se taire. Puis tous les yeux se tournèrent vers la fenêtre que j'occupais. — Le condamné ! le condamné ! crièrent-ils tous en me montrant du doigt ; et les explosions de joie redoublèrent.

---

1. *Romance* : chanson sentimentale, souvent mélancolique.
2. *Sabbat* : réunion nocturne et bruyante de sorciers et de sorcières. Par extension, danse agitée et frénétique, bruit d'enfer.
3. *Pain bis* : pain du pauvre, par opposition au pain blanc. Sa couleur grise vient du son qu'il renferme.

Je restai pétrifié.

J'ignore d'où ils me connaissaient et comment ils m'avaient reconnu.

— Bonjour ! bonsoir ! me crièrent-ils avec leur ricanement atroce. Un des plus jeunes, condamné aux galères perpétuelles, face luisante et plombée, me regarda d'un air d'envie en disant : — Il est heureux ! il sera rogné [1] ! Adieu, camarade !

Je ne puis dire ce qui se passait en moi. J'étais leur camarade en effet. La Grève est sœur de Toulon. J'étais même placé plus bas qu'eux : ils me faisaient honneur. Je frissonnai.

Oui, leur camarade ! Et quelques jours plus tard, j'aurais pu aussi, moi, être un spectacle pour eux.

J'étais demeuré à la fenêtre, immobile, perclus, paralysé. Mais quand je vis les cinq cordons s'avancer, se ruer vers moi avec des paroles d'une infernale cordialité ; quand j'entendis le tumultueux fracas de leurs chaînes, de leurs clameurs, de leurs pas, au pied du mur, il me sembla que cette nuée de démons escaladait ma misérable cellule ; je poussai un cri, je me jetai sur la porte d'une violence à la briser ; mais pas moyen de fuir. Les verrous étaient tirés en dehors. Je heurtai, j'appelai avec rage. Puis il me sembla entendre de plus près encore les effrayantes voix des forçats. Je crus voir leurs têtes hideuses paraître déjà au bord de ma fenêtre, je poussai un second cri d'angoisse, et je tombai évanoui.

1. C'est-à-dire coupé sur les bords, ici avoir la tête tranchée.

XIV

Quand je revins à moi, il était nuit. J'étais couché dans un grabat[1], une lanterne qui vacillait au plafond me fit voir d'autres grabats alignés des deux côtés du mien. Je compris qu'on m'avait transporté à l'infirmerie.

Je restai quelques instants éveillé, mais sans pensée et sans souvenir, tout entier au bonheur d'être dans un lit. Certes, en d'autres temps, ce lit d'hôpital et de prison m'eût fait reculer de dégoût et de pitié ; mais je n'étais plus le même homme. Les draps étaient gris et rudes au toucher, la couverture maigre et trouée ; on sentait la paillasse à travers le matelas ; qu'importe ! mes membres pouvaient se déroidir [2] à l'aise entre ces draps grossiers sous cette couverture, si mince qu'elle fût, je sentais se dissiper peu à peu cet horrible froid de la moelle des os dont j'avais pris l'habitude. — Je me rendormis.

Un grand bruit me réveilla ; il faisait petit jour. Ce bruit venait du dehors, mon lit était à côté de la fenêtre, je me levai sur mon séant pour voir ce que c'était.

La fenêtre donnait sur la grande cour de Bicêtre. Cette cour était pleine de monde ; deux haies de vétérans [3] avaient peine à maintenir libre, au milieu de cette foule, un étroit chemin qui traversait la cour. Entre ce double rang de soldats cheminaient lentement, cahotées à chaque pavé, cinq longues

---

1. *Grabat* : lit misérable.
2. *Déroidir* : enlever les raideurs.
3. *Vétérans* : soldats de métier, ayant de longues années de service. Anciens soldats des campagnes napoléoniennes.

charrettes chargées d'hommes ; c'étaient les forçats qui partaient.

Ces charrettes étaient découvertes. Chaque cordon en occupait une. Les forçats étaient assis de côté sur chacun des bords, adossés les uns aux autres, séparés par la chaîne commune, qui se développait dans la longueur du chariot, et sur l'extrémité de laquelle un argousin debout, fusil chargé, tenait le pied. On entendait bruire leurs fers, et, à chaque secousse de la voiture, on voyait sauter leurs têtes et ballotter leurs jambes pendantes.

Une pluie fine et pénétrante glaçait l'air, et collait sur leurs genoux leurs pantalons de toile, de gris devenus noirs. Leurs longues barbes, leurs cheveux courts, ruisselaient ; leurs visages étaient violets ; on les voyait grelotter, et leurs dents grinçaient de rage et de froid. Du reste, pas de mouvements possibles. Une fois rivé à cette chaîne, on n'est plus qu'une fraction de ce tout hideux qu'on appelle le cordon, et qui se meut comme un seul homme. L'intelligence doit abdiquer[1], le carcan du bagne la condamne à mort ; et quant à l'animal lui-même, il ne doit plus avoir de besoins et d'appétits qu'à heures fixes. Ainsi, immobiles, la plupart demi-nus, têtes découvertes et pieds pendants, ils commençaient leur voyage de vingt-cinq jours, chargés sur les mêmes charrettes, vêtus des mêmes vêtements pour le soleil à plomb de juillet et pour les froides pluies de novembre. On dirait que les hommes veulent mettre le ciel de moitié dans leur office de bourreaux.

1. *Abdiquer* : renoncer au pouvoir.

Il s'était établi entre la foule et les charrettes je ne sais quel horrible dialogue : injures d'un côté, bravades de l'autre, imprécations des deux parts ; mais, à un signe du capitaine, je vis les coups de bâton pleuvoir au hasard dans les charrettes, sur les épaules ou sur les têtes, et tout rentra dans cette espèce de calme extérieur qu'on appelle l'*ordre.* Mais les yeux étaient pleins de vengeance, et les poings des misérables se crispaient sur leurs genoux.

Les cinq charrettes, escortées de gendarmes à cheval et d'argousins à pied, disparurent successivement sous la haute porte cintrée de Bicêtre ; une sixième les suivit, dans laquelle ballottaient pêle-mêle les chaudières, les gamelles de cuivre et les chaînes de rechange. Quelques gardes-chiourme qui s'étaient attardés à la cantine sortirent en courant pour rejoindre leur escouade. La foule s'écoula. Tout ce spectacle s'évanouit comme une fantasmagorie. On entendit s'affaiblir par degrés dans l'air le bruit lourd des roues et des pieds des chevaux sur la route pavée de Fontainebleau, le claquement des fouets, le cliquetis des chaînes, et les hurlements du peuple qui souhaitait malheur au voyage des galériens.

Et c'est là pour eux le commencement !

Que me disait-il donc, l'avocat ? Les galères ! Ah ! oui, plutôt mille fois la mort ! plutôt l'échafaud que le bagne, plutôt le néant que l'enfer ; plutôt livrer mon cou au couteau de Guillotin[1] qu'au carcan de la chiourme ! Les galères, juste ciel !

---

1. *Guillotin* : médecin et homme politique. Il préconisa l'usage d'une machine pour rendre la décapitation moins « douloureuse, plus humaine ». Malgré ses protestations, dès sa mise en service en 1790, elle fut appelée guillotine.

XV

Malheureusement je n'étais pas malade. Le lendemain il fallut sortir de l'infirmerie. Le cachot me reprit.

Pas malade ! en effet, je suis jeune, sain et fort. Le sang coule librement dans mes veines ; tous mes membres obéissent à tous mes caprices ; je suis robuste de corps et d'esprit, constitué pour une longue vie ; oui, tout cela est vrai ; et cependant j'ai une maladie, une maladie mortelle, une maladie faite de la main des hommes.

Depuis que je suis sorti de l'infirmerie, il m'est venu une idée poignante, une idée à me rendre fou, c'est que j'aurais peut-être pu m'évader si l'on m'y avait laissé. Ces médecins, ces sœurs de charité, semblaient prendre intérêt à moi. Mourir si jeune et d'une telle mort ! On eût dit qu'ils me plaignaient tant ils étaient empressés autour de mon chevet. Bah ! curiosité ! Et puis, ces gens qui guérissent vous guérissent bien d'une fièvre, mais non d'une sentence de mort. Et pourtant cela leur serait si facile ! une porte ouverte ! Qu'est-ce que cela leur ferait ?

Plus de chance maintenant ! Mon pourvoi sera rejeté, parce que tout est en règle ; les témoins ont bien témoigné, les plaideurs ont bien plaidé, les juges ont bien jugé. Je n'y compte pas, à moins que... Non, folie ! plus d'espérance ! Le pourvoi, c'est une corde qui vous tient suspendu au-dessus de l'abîme, et qu'on entend craquer à chaque instant, jusqu'à ce qu'elle se casse. C'est comme si le couteau de la guillotine mettait six semaines à tomber.

Si j'avais ma grâce ? — Avoir ma grâce ! Et par

qui ? et pourquoi ? et comment ? Il est impossible qu'on me fasse grâce. L'exemple ! comme ils disent.

Je n'ai plus que trois pas à faire : Bicêtre, la Conciergerie [1], la Grève.

XVI

Pendant le peu d'heures que j'ai passées à l'infirmerie, je m'étais assis près d'une fenêtre, au soleil — il avait reparu —, ou du moins recevant du soleil tout ce que les grilles de la croisée m'en laissaient.

J'étais là, ma tête pesante et embrassée dans mes deux mains, qui en avaient plus qu'elles n'en pouvaient porter, mes coudes sur mes genoux, les pieds sur les barreaux de ma chaise, car l'abattement fait que je me courbe et me replie sur moi-même comme si je n'avais plus ni os dans les membres ni muscles dans la chair.

L'odeur étouffée de la prison me suffoquait plus que jamais, j'avais encore dans l'oreille tout ce bruit de chaînes des galériens, j'éprouvais une grande lassitude de Bicêtre. Il me semblait que le bon Dieu devrait bien avoir pitié de moi et m'envoyer au moins un petit oiseau pour chanter là, en face, au bord du toit.

Je ne sais si ce fut le bon Dieu ou le démon qui m'exauça ; mais presque au même moment j'entendis

1. *La Conciergerie* est située quai de l'Horloge à Paris, dans une aile du Palais de Justice. Elle fut pendant la Révolution une des prisons les plus redoutées. C'est là que les condamnés à mort passaient leur dernière nuit, dans l'attente du bourreau. Ce lieu fut une prison jusqu'en 1914.

s'élever sous ma fenêtre une voix, non celle d'un oiseau, mais bien mieux : la voix pure, fraîche, veloutée d'une jeune fille de quinze ans. Je levai la tête comme en sursaut, j'écoutai avidement la chanson qu'elle chantait. C'était un air lent et langoureux, une espèce de roucoulement triste et lamentable ; voici les paroles :

C'est dans la rue du Mail
Où j'ai été coltigé [1],
Maluré,
Par trois coquins de railles [2],
Lirlonfa malurette,
Sur mes sique' ont foncé [3],
Lirlonfa maluré.

Je ne saurais dire combien fut amer mon désappointement. La voix continua :

Sur mes sique' ont foncé,
Maluré.
Ils m'ont mis la tartouve [4],
Lirlonfa malurette,
Grand Meudon est aboulé [5],
Lirlonfa maluré.
Dans mon trimin [6] *rencontre,*
Lirlonfa malurette,

1. *Coltigé* : empoigné.
2. *Coquins de railles* : gendarmes.
3. *Sur mes sique' ont foncé* : ils se sont jetés sur moi.
4. *Tartouve* : les menottes.
5. *Grand Meudon est aboulé* : le mouchard est arrivé.
6. *Trimin* : chemin.

Un peigre[1] *du quartier,*
Lirlonfa maluré.

Un peigre du quartier,
Maluré.
— Va-t'en dire à ma largue[2]*,*
Lirlonfa malurette,
Que je suis enfourraillé[3]*,*
Lirlonfa maluré.
Ma largue tout en colère,
Lirlonfa malurette,
M'dit : qu'as-tu donc morfillé[4] *?*
Lirlonfa maluré.

M'dit : Qu'as-tu donc morfillé ?

Maluré.
— J'ai fait suer un chêne[5]*,*
Lirlonfa malurette,
Son auberg j'ai enganté[6]*,*
Lirlonfa maluré,
Son auberg et sa toquante[7]*,*
Lirlonfa malurette,
Et ses attach's de cés[8]*,*
Lirlonfa maluré.

1. *Peigre* : voleur.
2. *Largue* : femme.
3. *Enfourraillé* : emprisonné.
4. *Qu'as-tu donc morfillé* : qu'as-tu donc fait ?
5. *Suer un chêne* : tuer un homme.
6. *Son auberg j'ai enganté* : j'ai pris son argent.
7. *Toquante* : montre.
8. *Attach's de cés* : boucles de soulier.

Et ses attach's de cés,
Maluré. —
Ma largu' part pour Versailles,
Lirlonfa malurette,
Aux pieds d'sa majesté,
Lirlonfa maluré.
Elle lui fonce un babillard [1],
Lirlonfa malurette,
Pour m' faire défourrailler,
Lirlonfa maluré.

Pour m' faire défourrailler,
Maluré.
— Ah ! si j'en défourraille,
Lirlonfa malurette,
Ma largue j'entiferai [2],
Lirlonfa maluré.
J' li ferai porter fontange [3],
Lirlonfa malurette,
Et souliers galuchés [4],
Lirlonfa maluré.

Et souliers galuchés,
Maluré.
Mais grand dabe [5] *qui s' fâche,*
Lirlonfa malurette,
Dit : — Par mon caloquet [6],

1. *Babillard* : placet, c'est-à-dire un écrit adressé au roi ou à un ministre pour demander justice, pour se faire accorder une grâce.
2. *J'entiferai* : je parerai.
3. *Une fontange* est une coiffure féminine faite de postiches.
4. *Galuchés* : à galoches.
5. *Grand dabe* : le roi.
6. *Caloquet* : couronne.

Lirlonfa maluré,
J' li ferai danser une danse,
Lirlonfa malurette,
Où il n'y a pas de plancher,
Lirlonfa maluré. —

Je n'en ai pas entendu et n'aurais pu en entendre davantage. Le sens à demi compris et à demi caché de cette horrible complainte [1], cette lutte du brigand avec le guet, ce voleur qu'il rencontre et qu'il dépêche à sa femme, cet épouvantable message : J'ai assassiné un homme et je suis arrêté, *j'ai fait suer un chêne et je suis enfourraillé* ; cette femme qui court à Versailles avec un placet, et cette *Majesté* qui s'indigne et menace le coupable de lui faire danser *la danse où il n'y a pas de plancher*, et tout cela chanté sur l'air le plus doux et par la plus douce voix qui ait jamais endormi l'oreille humaine !... J'en suis resté navré, glacé, anéanti. C'était une chose repoussante que toutes ces monstrueuses paroles sortant de cette bouche vermeille et fraîche. On eût dit la bave d'une limace sur une rose.

Je ne saurais rendre ce que j'éprouvais ; j'étais à la fois blessé et caressé. Le patois de la caverne et du bagne, cette langue ensanglantée et grotesque, ce hideux argot marié à une voix de jeune fille, gracieuse transition de la voix d'enfant à la voix de femme ! tous ces mots difformes et mal faits, chantés, cadencés, perlés !

Ah ! qu'une prison est quelque chose d'infâme ! Il y a un venin qui y salit tout. Tout s'y flétrit, même la chanson d'une fille de quinze ans ! Vous y trouvez

1. *Complainte* : chanson dans laquelle on se plaint de son sort.

un oiseau, il a de la boue sur son aile ; vous y cueillez une jolie fleur, vous la respirez : elle pue.

XVII

Oh ! si je m'évadais, comme je courrais à travers champs !

Non, il ne faudrait pas courir. Cela fait regarder et soupçonner. Au contraire, marcher lentement, tête levée, en chantant. Tâcher d'avoir quelque vieux sarrau bleu à dessins rouges. Cela déguise bien. Tous les maraîchers des environs en portent.

Je sais auprès d'Arcueil un fourré d'arbres à côté d'un marais, où, étant au collège, je venais avec mes camarades pêcher des grenouilles tous les jeudis. C'est là que je me cacherais jusqu'au soir.

La nuit tombée, je reprendrais ma course. J'irais à Vincennes. Non, la rivière m'empêcherait. J'irais à Arpajon. — Il aurait mieux valu prendre du côté de Saint-Germain, et aller au Havre, et m'embarquer pour l'Angleterre. — N'importe ! j'arrive à Longjumeau. Un gendarme passe ; il me demande mon passeport... Je suis perdu !

Ah ! malheureux rêveur, brise donc d'abord le mur épais de trois pieds qui t'emprisonne ! La mort ! la mort !

Quand je pense que je suis venu tout enfant, ici, à Bicêtre, voir le grand puits [1] et les fous !

1. Bicêtre était réputé pour la grandeur du puits qui alimentait en eau tous les bâtiments : 60 mètres de profondeur et 5 mètres de diamètre. Jusqu'en 1858, les prisonniers, puis les « fous », assuraient, en faisant tourner une roue, l'élévation de l'eau. Ce spectacle attirait de nombreux curieux.

XVIII

Pendant que j'écrivais tout ceci, ma lampe a pâli, le jour est venu, l'horloge de la chapelle a sonné six heures.

— Qu'est-ce que cela veut dire ? Le guichetier de garde vient d'entrer dans mon cachot, il a ôté sa casquette, m'a salué, s'est excusé de me déranger, et m'a demandé, en adoucissant de son mieux sa rude voix, ce que je désirais à déjeuner.

... Il m'a pris un frisson. — Est-ce que ce serait pour aujourd'hui ?

XIX

C'est pour aujourd'hui !

Le directeur de la prison lui-même vient de me rendre visite. Il m'a demandé en quoi il pourrait m'être agréable ou utile, a exprimé le désir que je n'eusse pas à me plaindre de lui ou de ses subordonnés, s'est informé avec intérêt de ma santé et de la façon dont j'avais passé la nuit ; en me quittant, il m'a appelé *monsieur* !

C'est pour aujourd'hui !

XX

Il ne croit pas, ce geôlier, que j'aie à me plaindre de lui et de ses sous-geôliers. Il a raison. Ce serait mal à moi de me plaindre ; ils ont fait leur métier, ils m'ont bien gardé ; et puis ils ont été polis à l'arrivée et au départ. Ne dois-je pas être content ?

Ce bon geôlier, avec son sourire bénin, ses paroles caressantes, son œil qui flatte et qui espionne, ses grosses et larges mains, c'est la prison incarnée, c'est Bicêtre qui s'est fait homme. Tout est prison autour de moi ; je retrouve la prison sous toutes les formes, sous la forme humaine comme sous la forme de grille ou de verrou. Ce mur, c'est de la prison en pierre ; cette porte, c'est de la prison en bois ; ces guichetiers, c'est de la prison en chair et en os. La prison est une espèce d'être horrible complet, indivisible, moitié maison, moitié homme. Je suis sa proie ; elle me couve, elle m'enlace de tous ses replis. Elle m'enferme dans ses murailles de granit, me cadenasse sous ses serrures de fer, et me surveille avec ses yeux de geôlier.

Ah ! misérable ! que vais-je devenir ? qu'est-ce qu'ils vont faire de moi ?

XXI

Je suis calme maintenant. Tout est fini, bien fini. Je suis sorti de l'horrible anxiété où m'avait jeté la visite du directeur. Car, je l'avoue, j'espérais encore. Maintenant, Dieu merci, je n'espère plus.

Voici ce qui vient de se passer :

Au moment où six heures et demie sonnaient — non, c'était l'avant-quart —, la porte de mon cachot s'est rouverte. Un vieillard à tête blanche, vêtu d'une redingote [1] brune, est entré. Il a entr'ouvert sa redin-

1. *Redingote* : longue veste, caractéristique de la bourgeoisie, par opposition à la blouse des gens du peuple.

gote. J'ai vu une soutane, un rabat. C'était un prêtre.

Ce prêtre n'était pas l'aumônier de la prison. Cela était sinistre.

Il s'est assis en face de moi avec un sourire bienveillant ; puis a secoué la tête et levé les yeux au ciel, c'est-à-dire à la voûte du cachot. Je l'ai compris.

— Mon fils, m'a-t-il dit, êtes-vous préparé ?

Je lui ai répondu d'une voix faible :

— Je ne suis pas préparé, mais je suis prêt.

Cependant ma vue s'est troublée, une sueur glacée est sortie à la fois de tous mes membres, j'ai senti mes tempes se gonfler, et j'avais les oreilles pleines de bourdonnements.

Pendant que je vacillais sur ma chaise comme endormi, le bon vieillard parlait. C'est du moins ce qu'il m'a semblé, et je crois me souvenir que j'ai vu ses lèvres remuer, ses mains s'agiter, ses yeux reluire.

La porte s'est rouverte une seconde fois. Le bruit des verrous nous a arrachés, moi à ma stupeur, lui à son discours. Une espèce de monsieur en habit noir, accompagné du directeur de la prison, s'est présenté, et m'a salué profondément. Cet homme avait sur le visage quelque chose de la tristesse officielle des employés des pompes funèbres. Il tenait un rouleau de papier à la main.

— Monsieur, m'a-t-il dit avec un sourire de courtoisie, je suis huissier[1] près la cour royale de Paris. J'ai l'honneur de vous apporter un message de la part de monsieur le procureur général.

---

1. *Huissier* : personne chargée de signifier les actes juridiques et de mettre à exécution les décisions de justice.

La première secousse était passée. Toute ma présence d'esprit m'était revenue.

— C'est monsieur le procureur général, lui ai-je répondu, qui a demandé si instamment ma tête ? Bien de l'honneur pour moi qu'il m'écrive. J'espère que ma mort lui va faire grand plaisir ? car il me serait dur de penser qu'il l'a sollicitée avec tant d'ardeur et qu'elle lui était indifférente.

J'ai dit tout cela, et j'ai repris d'une voix ferme :

— Lisez, monsieur !

Il s'est mis à me lire un long texte, en chantant à la fin de chaque ligne et en hésitant au milieu de chaque mot. C'était le rejet de mon pourvoi.

— L'arrêt sera exécuté aujourd'hui en place de Grève, a-t-il ajouté quand il a eu terminé, sans lever les yeux de dessus son papier timbré. Nous partons à sept heures et demie précises pour la Conciergerie. Mon cher monsieur, aurez-vous l'extrême bonté de me suivre ?

Depuis quelques instants je ne l'écoutais plus. Le directeur causait avec le prêtre ; lui avait l'œil fixé sur son papier ; je regardais la porte, qui était restée entr'ouverte... — Ah ! misérable ! quatre fusiliers [1] dans le corridor !

L'huissier a répété sa question, en me regardant cette fois.

— Quand vous voudrez, lui ai-je répondu. À votre aise !

Il m'a salué en disant :

— J'aurai l'honneur de venir vous chercher dans une demi-heure.

1. *Fusiliers* : gardes portant des fusils.

Alors ils m'ont laissé seul.

Un moyen de fuir, mon Dieu ! un moyen quelconque ! Il faut que je m'évade ! il le faut ! sur-le-champ ! par les portes, par les fenêtres, par la charpente du toit ! quand même je devrais laisser de ma chair après les poutres !

Ô rage ! démons ! malédiction ! Il faudrait des mois pour percer ce mur avec de bons outils, et je n'ai ni un clou, ni une heure !

XXII

De la Conciergerie.

Me voici *transféré*, comme dit le procès-verbal.

Mais le voyage vaut la peine d'être conté.

Sept heures et demie sonnaient lorsque l'huissier s'est présenté de nouveau au seuil de mon cachot. — Monsieur, m'a-t-il dit, je vous attends. — Hélas ! lui et d'autres !

Je me suis levé, j'ai fait un pas ; il m'a semblé que je n'en pourrais faire un second, tant ma tête était lourde et mes jambes faibles. Cependant je me suis remis et j'ai continué d'une allure assez ferme. Avant de sortir du cabanon, j'y ai promené un dernier coup d'œil. — Je l'aimais, mon cachot. — Puis, je l'ai laissé vide et ouvert ; ce qui donne à un cachot un air singulier.

Au reste, il ne le sera pas longtemps. Ce soir on y attend quelqu'un, disaient les porte-clefs, un condamné que la cour d'assises est en train de faire à l'heure qu'il est.

Au détour du corridor, l'aumônier nous a rejoints. Il venait de déjeuner.

Au sortir de la geôle, le directeur m'a pris affectueusement la main, et a renforcé mon escorte de quatre vétérans.

Devant la porte de l'infirmerie, un vieillard moribond m'a crié : Au revoir !

Nous sommes arrivés dans la cour. J'ai respiré ; cela m'a fait du bien.

Nous n'avons pas marché longtemps à l'air. Une voiture attelée de chevaux de poste [1] stationnait dans la première cour ; c'est la même voiture qui m'avait amené ; une espèce de cabriolet oblong [2], divisé en deux sections par une grille transversale de fil de fer si épaisse qu'on la dirait tricotée. Les deux sections ont chacune une porte, l'une devant, l'autre derrière la carriole. Le tout si sale, si noir, si poudreux, que le corbillard des pauvres [3] est un carrosse du sacre en comparaison.

Avant de m'ensevelir dans cette tombe à deux roues, j'ai jeté un regard dans la cour, un de ces regards désespérés devant lesquels il semble que les murs devraient crouler. La cour, espèce de petite place plantée d'arbres, était plus encombrée encore de spectateurs que pour les galériens. Déjà la foule !

Comme le jour du départ de la chaîne, il tombait une pluie de la saison, une pluie fine et glacée qui tombe encore à l'heure où j'écris, qui tombera sans doute toute la journée, qui durera plus que moi.

1. Chevaux utilisés par la poste et choisis pour leur résistance.
2. Voiture à cheval plus longue que large.
3. C'est-à-dire une simple charrette.

Les chemins étaient effondrés, la cour pleine de fange[1] et d'eau. J'ai eu plaisir à voir cette foule dans cette boue.

Nous sommes montés, l'huissier et un gendarme, dans le compartiment de devant ; le prêtre, moi et un gendarme dans l'autre. Quatre gendarmes à cheval autour de la voiture. Ainsi, sans le postillon[2], huit hommes pour un homme.

Pendant que je montais, il y avait une vieille aux yeux gris qui disait : — J'aime encore mieux cela que la chaîne.

Je conçois. C'est un spectacle qu'on embrasse plus aisément d'un coup d'œil, c'est plus tôt vu. C'est tout aussi beau et plus commode. Rien ne vous distrait. Il n'y a qu'un homme, et sur cet homme seul autant de misère que sur tous les forçats à la fois. Seulement cela est moins éparpillé ; c'est une liqueur concentrée, bien plus savoureuse.

La voiture s'est ébranlée. Elle a fait un bruit sourd en passant sous la voûte de la grande porte, puis a débouché dans l'avenue, et les lourds battants de Bicêtre se sont refermés derrière elle. Je me sentais emporté avec stupeur, comme un homme tombé en léthargie qui ne peut ni remuer ni crier et qui entend qu'on l'enterre. J'écoutais vaguement les paquets de sonnettes pendus au cou des chevaux de poste sonner en cadence et comme par hoquets, les roues ferrées bruire sur le pavé ou cogner la caisse en changeant d'ornière, le galop sonore des gendarmes autour de la carriole, le fouet claquant du

1. *Fange* : boue presque liquide.

2. *Postillon* : conducteur de la voiture.

postillon. Tout cela me semblait comme un tourbillon qui m'emportait.

À travers le grillage d'un judas percé en face de moi, mes yeux s'étaient fixés machinalement sur l'inscription gravée en grosses lettres au-dessus de la grande porte de Bicêtre : HOSPICE DE LA VIEILLESSE.

— Tiens, me disais-je, il paraît qu'il y a des gens qui vieillissent, là.

Et, comme on fait entre la veille et le sommeil, je retournais cette idée en tous sens dans mon esprit engourdi de douleur. Tout à coup la carriole, en passant de l'avenue dans la grande route, a changé le point de vue de la lucarne. Les tours de Notre-Dame[1] venues s'y encadrer, bleues et à demi effacées dans la brume de Paris. Sur-le-champ le point de vue de mon esprit a changé aussi. J'étais devenu machine comme la voiture. À l'idée de Bicêtre a succédé l'idée des tours de Notre-Dame. — Ceux qui seront sur la tour où est le drapeau verront bien, me suis-je dit en souriant stupidement.

Je crois que c'est à ce moment-là que le prêtre s'est remis à me parler. Je l'ai laissé dire patiemment. J'avais déjà dans l'oreille le bruit des roues, le galop des chevaux, le fouet du postillon. C'était un bruit de plus.

J'écoutais en silence cette chute de paroles monotones qui assoupissaient ma pensée comme le murmure d'une fontaine, et qui passaient devant moi, toujours diverses et toujours les mêmes, comme les ormeaux tortus de la grande route, lorsque la

1. Pour le détail du trajet emprunté par le condamné, se reporter au plan de la page 26.

voix brève et saccadée de l'huissier, placé sur le devant, est venue subitement me secouer.

— Eh bien ! monsieur l'abbé, disait-il avec un accent presque gai, qu'est-ce que vous savez de nouveau ?

C'est vers le prêtre qu'il se retournait en parlant ainsi.

L'aumônier, qui me parlait sans relâche, et que la voiture assourdissait, n'a pas répondu.

— Hé ! hé ! a repris l'huissier en haussant la voix pour avoir le dessus sur le bruit des roues ; infernale voiture !

Infernale ! En effet.

Il a continué :

— Sans doute, c'est le cahot ; on ne s'entend pas. Qu'est-ce que je voulais donc dire ? Faites-moi le plaisir de m'apprendre ce que je voulais dire, monsieur l'abbé ! — Ah ! savez-vous la grande nouvelle de Paris, aujourd'hui ?

J'ai tressailli, comme s'il parlait de moi.

— Non, a dit le prêtre, qui avait enfin entendu, je n'ai pas eu le temps de lire les journaux ce matin. Je verrai cela ce soir. Quand je suis occupé comme cela toute la journée, je recommande au portier de me garder mes journaux, et je les lis en rentrant.

— Bah ! a repris l'huissier, il est impossible que vous ne sachiez pas cela. La nouvelle de Paris ! la nouvelle de ce matin !

J'ai pris la parole :

— Je crois la savoir.

L'huissier m'a regardé.

— Vous ! vraiment ! En ce cas, qu'en dites-vous ?

— Vous êtes curieux ! lui ai-je dit.

— Pourquoi, monsieur ? a répliqué l'huissier. Chacun a son opinion politique. Je vous estime trop pour croire que vous n'avez pas la vôtre. Quant à moi, je suis tout à fait d'avis du rétablissement de la garde nationale [1]. J'étais sergent de ma compagnie, et, ma foi, c'était fort agréable.

Je l'ai interrompu.

— Je ne croyais pas que ce fût de cela qu'il s'agissait.

— Et de quoi donc ? Vous disiez savoir la nouvelle...

— Je parlais d'une autre, dont Paris s'occupe aussi aujourd'hui.

L'imbécile n'a pas compris ; sa curiosité s'est éveillée.

— Une autre nouvelle ? Où diable avez-vous pu apprendre des nouvelles ? Laquelle, de grâce, mon cher monsieur ? Savez-vous ce que c'est, monsieur l'abbé ? Êtes-vous plus au courant que moi ? Mettez-moi au fait, je vous prie. De quoi s'agit-il ? Voyez-vous, j'aime les nouvelles. Je les conte à monsieur le président, et cela l'amuse.

Et mille billevesées. Il se tournait tour à tour vers le prêtre et vers moi, et je ne répondais qu'en haussant les épaules.

— Eh bien ! m'a-t-il dit, à quoi pensez-vous donc ?

— Je pense, ai-je répondu, que je ne penserai plus ce soir.

1. *La garde nationale* est la milice bourgeoise créée sous la Révolution, puis dissoute en avril 1827. Son rétablissement sera discuté par la Chambre, en juillet 1828.

— Ah ! c'est cela ! a-t-il répliqué. Allons, vous êtes trop triste ! M. Castaing causait.

Puis, après un silence :

— J'ai conduit M. Papavoine ; il avait sa casquette de loutre[1] et fumait son cigare. Quant aux jeunes gens de La Rochelle, ils ne parlaient qu'entre eux. Mais ils parlaient.

Il a fait encore une pause, et a poursuivi :

— Des fous ! des enthousiastes ! Ils avaient l'air de mépriser tout le monde. Pour ce qui est de vous, je vous trouve vraiment bien pensif, jeune homme.

— Jeune homme ! lui ai-je dit, je suis plus vieux que vous ; chaque quart d'heure qui s'écoule me vieillit d'une année.

Il s'est retourné, m'a regardé quelques minutes

avec un étonnement inepte, puis s'est mis à ricaner lourdement.

— Allons, vous voulez rire, plus vieux que moi ! je serais votre grand-père.

— Je ne veux pas rire, lui ai-je répondu gravement.

Il a ouvert sa tabatière.

— Tenez, cher monsieur, ne vous fâchez pas ; une prise de tabac, et ne me gardez pas rancune.

— N'ayez pas peur ; je n'aurai pas longtemps à vous la garder.

En ce moment sa tabatière, qu'il me tendait, a rencontré le grillage qui nous séparait. Un cahot a fait qu'elle l'a heurté assez violemment et est tombée tout ouverte sous les pieds du gendarme.

— Maudit grillage ! s'est écrié l'huissier.

Il s'est tourné vers moi.

---

1. *Loutre* : animal à fourrure.

— Eh bien ! ne suis-je pas malheureux ? tout mon tabac est perdu !

— Je perds plus que vous, ai-je répondu en souriant.

Il a essayé de ramasser son tabac, en grommelant entre ses dents :

— Plus que moi ! cela est facile à dire. Pas de tabac jusqu'à Paris ! c'est terrible !

L'aumônier alors lui a adressé quelques paroles de consolation, et je ne sais si j'étais préoccupé, mais il m'a semblé que c'était la suite de l'exhortation dont j'avais eu le commencement. Peu à peu la conversation s'est engagée entre le prêtre et l'huissier ; je les ai laissés parler de leur côté, et je me suis mis à penser du mien.

En abordant la barrière [1], j'étais toujours préoccupé sans doute, mais Paris m'a paru faire un plus grand bruit qu'à l'ordinaire.

La voiture s'est arrêtée un moment devant l'octroi [2]. Les douaniers de ville l'ont inspectée. Si c'eût été un mouton ou un bœuf qu'on eût mené à la boucherie, il aurait fallu leur jeter une bourse d'argent ; mais une tête humaine ne paie pas de droit. Nous avons passé.

Le boulevard franchi, la carriole s'est enfoncée au grand trot dans ces vieilles rues tortueuses du faubourg Saint-Marceau et de la Cité qui serpentent et

1. *Barrière* : porte qui ferme l'entrée d'une ville. Bicêtre étant à l'extérieur de Paris, la voiture doit passer la barrière et une douane.
2. *Octroi* : impôt qu'on doit acquitter pour faire entrer des marchandises dans une ville. Cela désigne ici le bureau chargé de percevoir l'impôt.

s'entrecoupent comme les mille chemins d'une fourmilière. Sur le pavé de ces rues étroites le roulement de la voiture est devenu si bruyant et si rapide que je n'entendais plus rien du bruit extérieur. Quand je jetais les yeux par la petite lucarne carrée, il me semblait que le flot des passants s'arrêtait pour regarder la voiture, et que des bandes d'enfants couraient sur sa trace. Il m'a semblé aussi voir de temps en temps dans les carrefours çà et là un homme ou une vieille en haillons, quelquefois les deux ensemble, tenant en main une liasse de feuilles [1] imprimées que les passants se disputaient, en ouvrant la bouche comme pour un grand cri.

Huit heures et demie sonnaient à l'horloge du Palais [2] au moment où nous sommes arrivés dans la cour de la Conciergerie. La vue de ce grand escalier, de cette noire chapelle, de ces guichets sinistres, m'a glacé. Quand la voiture s'est arrêtée, j'ai cru que les battements de mon cœur allaient s'arrêter aussi.

J'ai recueilli mes forces ; la porte s'est ouverte avec la rapidité de l'éclair ; j'ai sauté à bas du cachot roulant, et je me suis enfoncé à grands pas sous la voûte entre deux haies de soldats. Il s'était déjà formé une foule sur mon passage.

XXIII

Tant que j'ai marché dans les galeries publiques du Palais de Justice, je me suis senti presque libre et

1. Ce sont des prospectus annonçant l'exécution.
2. Il s'agit du Palais de Justice, dans l'île de la Cité.

à l'aise ; mais toute ma résolution m'a abandonné quand on a ouvert devant moi des portes basses, des escaliers secrets, des couloirs intérieurs, de longs corridors étouffés et sourds, où il n'entre que ceux qui condamnent ou ceux qui sont condamnés.

L'huissier m'accompagnait toujours. Le prêtre m'avait quitté pour revenir dans deux heures : il avait ses affaires.

On m'a conduit au cabinet du directeur, entre les mains duquel l'huissier m'a remis. C'était un échange. Le directeur l'a prié d'attendre un instant, lui annonçant qu'il allait avoir du gibier à lui remettre, afin qu'il le conduisît sur-le-champ à Bicêtre par le retour de la carriole. Sans doute le condamné d'aujourd'hui, celui qui doit coucher ce soir sur la botte de paille que je n'ai pas eu le temps d'user.

— C'est bon, a dit l'huissier au directeur, je vais attendre un moment ; nous ferons les deux procès-verbaux à la fois, cela s'arrange bien.

En attendant, on m'a déposé dans un petit cabinet attenant à celui du directeur. Là, on m'a laissé seul, bien verrouillé.

Je ne sais à quoi je pensais, ni depuis combien de temps j'étais là, quand un brusque et violent éclat de rire à mon oreille m'a réveillé de ma rêverie.

J'ai levé les yeux en tressaillant. Je n'étais plus seul dans la cellule. Un homme s'y trouvait avec moi, un homme d'environ cinquante-cinq ans, de moyenne taille ; ridé, voûté, grisonnant ; à membres trapus ; avec un regard louche dans des yeux gris, un rire amer sur le visage ; sale, en guenilles, demi-nu, repoussant à voir.

Il paraît que la porte s'était ouverte, l'avait vomi, puis s'était refermée sans que je m'en fusse aperçu. Si la mort pouvait venir ainsi !

Nous nous sommes regardés quelques secondes fixement, l'homme et moi ; lui, prolongeant son rire qui ressemblait à un râle ; moi, demi étonné, demi effrayé.

— Qui êtes-vous ? lui ai-je dit enfin.

— Drôle de demande ! a-t-il répondu. Un friauche.

— Un friauche ! Qu'est-ce que cela veut dire ?

Cette question a redoublé sa gaieté.

— Cela veut dire, s'est-il écrié au milieu d'un éclat de rire, que le taule jouera au panier avec ma sorbonne dans six semaines, comme il va faire avec ta tronche dans six heures. Ha ! ha ! il paraît que tu comprends maintenant.

En effet, j'étais pâle, et mes cheveux se dressaient. C'était l'autre condamné, le condamné du jour, celui qu'on attendait à Bicêtre, mon héritier.

Il a continué :

— Que veux-tu ? voilà mon histoire à moi. Je suis fils d'un bon peigre [1] ; c'est dommage que Charlot [2] ait pris la peine un jour de lui attacher sa cravate. C'était quand régnait la potence, par la grâce de Dieu. À six ans, je n'avais plus ni père ni mère ; l'été, je faisais la roue dans la poussière au bord des routes, pour qu'on me jetât un sou par la portière des chaises de poste ; l'hiver, j'allais pieds nus dans la boue en soufflant dans mes doigts tout rouges ; on

1. *Peigre* : voir note 1, p. 70.
2. *Charlot* : bourreau.

voyait mes cuisses à travers mon pantalon. À neuf ans, j'ai commencé à me servir de mes louches [1], de temps en temps je vidais une fouillouse [2], je filais une pelure [3] ; à dix ans, j'étais un marlou [4]. Puis j'ai fait des connaissances ; à dix-sept, j'étais un grinche [5]. Je forçais une boutanche, je faussais une tournante [6]. On m'a pris. J'avais l'âge, on m'a envoyé ramer dans la petite marine [7]. Le bagne, c'est dur ; coucher sur une planche, boire de l'eau claire, manger du pain noir, traîner un imbécile de boulet qui ne sert à rien ; des coups de bâton et des coups de soleil. Avec cela on est tondu, et moi qui avais de beaux cheveux châtains ! N'importe !... j'ai fait mon temps. Quinze ans, cela s'arrache ! J'avais trente-deux ans. Un beau matin on me donna une feuille de route et soixante-six francs que je m'étais amassés dans mes quinze ans de galères, en travaillant seize heures par jour, trente jours par mois, et douze mois par année. C'est égal, je voulais être honnête homme avec mes soixante-six francs, et j'avais de plus beaux sentiments sous mes guenilles qu'il n'y en a sous une serpillière de ratichon [8]. Mais que les diables soient avec le passeport ! Il était jaune, et on avait écrit dessus *forçat libéré.* Il fallait montrer cela partout où je passais et le présenter

1. *Mes louches* : mes mains.
2. *Une fouillouse* : une poche.
3. *Je filais une pelure* : je volais un manteau.
4. *Un marlou* : un filou.
5. *Un grinche* : un voleur.
6. *Je forçais une boutanche, je faussais une tournante* : je forçais une boutique, je faussais une clef.
7. *Dans la petite marine* : aux galères.
8. *Une serpillière de ratichon* : une soutane d'abbé.

tous les huit jours au maire du village où l'on me forçait de tapiquer [1]. La belle recommandation ! un galérien ! Je faisais peur, et les petits enfants se sauvaient, et l'on fermait les portes. Personne ne voulait me donner d'ouvrage. Je mangeai mes soixante-six francs. Et puis il fallut vivre. Je montrai mes bras bons au travail, on ferma les portes. J'offris ma journée pour quinze sous, pour dix sous, pour cinq sous. Point. Que faire ? Un jour, j'avais faim. Je donnai un coup de coude dans le carreau d'un boulanger ; j'empoignai un pain [2], le boulanger m'empoigna ; je ne mangeai pas le pain, j'eus les galères à perpétuité, avec trois lettres de feu [3] sur l'épaule. Je te montrerai si tu veux. On appelle cette justice-là la récidive [4]. Me voilà donc cheval de retour [5]. On me remit à Toulon ; cette fois avec les bonnets verts [6]. Il fallait m'évader. Pour cela, je n'avais que trois murs à percer, deux chaînes à couper, et j'avais un clou. Je m'évadai. On tira le canon d'alerte ; car, nous autres, nous sommes, comme les cardinaux de Rome, habillés de rouge, et on tire le canon quand nous partons. Leur poudre alla aux moineaux. Cette fois, pas de passeport jaune, mais pas d'argent non plus. Je rencontrai des camarades qui avaient aussi fait

---

1. *Tapiquer* : habiter.
2. Jean Valjean, héros des *Misérables*, sera envoyé au bagne pour la même raison.
3. Les forçats étaient marqués au fer rouge sur l'épaule des lettres « T.F.P. » pour Travaux forcés à perpétuité.
4. Ceux qui ont déjà été condamnés à des peines de prison et qui le sont à nouveau sont des récidivistes. Pour ceux-là c'est le bagne ou la mort.
5. *Cheval de retour* : ramené au bagne.
6. *Les bonnets verts* : les condamnés à perpétuité.

leur temps ou cassé leur ficelle. Leur coire [1] me proposa d'être des leurs, on faisait la grande soulasse sur le trimard [2]. J'acceptai, et je me mis à tuer pour vivre. C'était tantôt une diligence, tantôt une chaise de poste, tantôt un marchand de bœufs à cheval. On prenait l'argent, on laissait aller au hasard la bête ou la voiture, et l'on enterrait l'homme sous un arbre, en ayant soin que les pieds ne sortissent pas ; et puis on dansait sur la fosse, pour que la terre ne parût pas fraîchement remuée. J'ai vieilli comme cela, gîtant [3] dans les broussailles, dormant aux belles étoiles, traqué de bois en bois, mais du moins libre et à moi. Tout a une fin, et autant celle-là qu'une autre. Les marchands de lacets [4], une belle nuit, nous ont pris au collet. Mes fanandels [5] se sont sauvés ; mais moi, le plus vieux, je suis resté sous la griffe de ces chats à chapeaux galonnés. On m'a amené ici. J'avais déjà passé par tous les échelons de l'échelle, excepté un. Avoir volé un mouchoir ou tué un homme, c'était tout un pour moi désormais ; il y avait encore une récidive à m'appliquer. Je n'avais plus qu'à passer par le faucheur [6]. Mon affaire a été courte. Ma foi, je commençais à vieillir et à n'être plus bon à rien. Mon père a épousé la veuve [7], moi je me retire à l'abbaye de Mont'-à-Regret [8]. Voilà, camarade.

1. *Leur coire* : leur chef.
2. *On faisait la grande soulasse sur le trimard* : on assassinait sur les grands chemins.
3. *Gîtant* : demeurant.
4. *Marchands de lacets* : gendarmes.
5. *Fanandels* : camarades.
6. *Le faucheur* : le bourreau.
7. *A épousé la veuve* : a été pendu.
8. *L'abbaye de Mont'-à-Regret* : la guillotine.

J'étais resté stupide en l'écoutant. Il s'est remis à rire plus haut encore qu'en commençant, et a voulu me prendre la main. J'ai reculé avec horreur.

— L'ami, m'a-t-il dit, tu n'as pas l'air brave. Ne va pas faire le sinvre devant la carline [1]. Vois-tu, il y a un mauvais moment à passer sur la plaçarde [2] ; mais cela est sitôt fait ! Je voudrais être là pour te montrer la culbute. Mille dieux ! j'ai envie de ne pas me pourvoir, si l'on veut me faucher aujourd'hui avec toi. Le même prêtre nous servira à tous deux ; ça m'est égal d'avoir tes restes. Tu vois que je suis un bon garçon. Hein ! dis, veux-tu ? d'amitié !

Il a encore fait un pas pour s'approcher de moi.

— Monsieur, lui ai-je répondu en le repoussant, je vous remercie.

Nouveaux éclats de rire à ma réponse.

— Ah ! ah ! monsieur, vousailles [3] êtes un marquis ! C'est un marquis !

Je l'ai interrompu :

— Mon ami, j'ai besoin de me recueillir, laissez-moi.

La gravité de ma parole l'a rendu pensif tout à coup. Il a remué sa tête grise et presque chauve ; puis, creusant avec ses ongles sa poitrine velue, qui s'offrait nue sous sa chemise ouverte :

— Je comprends, a-t-il murmuré entre ses dents ; au fait, le sanglier [4]...

Puis, après quelques minutes de silence :

---

1. *Le sinvre devant la carline* : le poltron devant la mort.
2. *La placarde* : la place de Grève.
3. *Vousailles* : vous.
4. *Le sanglier* : le prêtre.

— Tenez, m'a-t-il dit presque timidement, vous êtes un marquis, c'est fort bien ; mais vous avez là une belle redingote qui ne vous servira plus à grand-chose ! Le taule la prendra. Donnez-la-moi, je la vendrai pour avoir du tabac.

J'ai ôté ma redingote et je la lui ai donnée. Il s'est mis à battre des mains avec une joie d'enfant. Puis, voyant que j'étais en chemise et que je grelottais :

— Vous avez froid, monsieur, mettez ceci ; il pleut, et vous seriez mouillé ; et puis il faut être décemment sur la charrette.

En parlant ainsi, il ôtait sa grosse veste de laine grise et la passait dans mes bras. Je le laissais faire.

Alors j'ai été m'appuyer contre le mur, et je ne saurais dire quel effet me faisait cet homme. Il s'était mis à examiner la redingote que je lui avais donnée, et poussait à chaque instant des cris de joie.

— Les poches sont toutes neuves ! le collet n'est pas usé ! J'en aurai au moins quinze francs[1]. Quel bonheur ! du tabac pour mes six semaines !

La porte s'est rouverte. On venait nous chercher tous deux ; moi, pour me conduire à la chambre où les condamnés attendent l'heure ; lui, pour le mener à Bicêtre. Il s'est placé en riant au milieu du piquet qui devait l'emmener, et il disait aux gendarmes :

— Ah çà ! ne vous trompez pas ; nous avons changé de pelure [2], monsieur et moi ; mais ne me prenez pas à sa place. Diable ! cela ne m'arrangerait pas, maintenant que j'ai de quoi avoir du tabac !

1. *Quinze francs* : somme énorme pour un homme du peuple, sachant que le salaire d'un ouvrier était de 1 à 5 francs par jour.

2. *Pelure* : mot argotique pour manteau.

XXIV

Ce vieux scélérat, il m'a pris ma redingote, car je ne la lui ai pas donnée, et puis il m'a laissé cette guenille, sa veste infâme. De qui vais-je avoir l'air ?

Je ne lui ai pas laissé prendre ma redingote par insouciance ou par charité. Non ; mais parce qu'il était plus fort que moi. Si j'avais refusé, il m'aurait battu avec ses gros poings.

Ah bien oui, charité ! j'étais plein de mauvais sentiments. J'aurais voulu pouvoir l'étrangler de mes mains, le vieux voleur ! pouvoir le piler sous mes pieds !

Je me sens le cœur plein de rage et d'amertume. Je crois que la poche au fiel a crevé. La mort rend méchant.

XXV

Ils m'ont amené dans une cellule où il n'y a que les quatre murs, avec beaucoup de barreaux à la fenêtre et beaucoup de verrous à la porte, cela va sans dire.

J'ai demandé une table, une chaise, et ce qu'il faut pour écrire. On m'a apporté tout cela.

Puis j'ai demandé un lit. Le guichetier m'a regardé de ce regard étonné qui semble dire : À quoi bon ?

Cependant ils ont dressé un lit de sangle dans le coin. Mais en même temps un gendarme est venu s'installer dans ce qu'ils appellent *ma chambre.* Est-ce qu'ils ont peur que je ne m'étrangle avec le matelas ?

XXVI

Il est dix heures.

Ô ma pauvre petite fille ! encore six heures, et je serai mort ! Je serai quelque chose d'immonde qui traînera sur la table froide des amphithéâtres ; une tête qu'on moulera d'un côté, un tronc qu'on disséquera de l'autre ; puis de ce qui restera, on en mettra plein une bière, et le tout ira à Clamart.

Voilà ce qu'ils vont faire de ton père, ces hommes dont aucun ne me hait, qui tous me plaignent et tous pourraient me sauver. Ils vont me tuer. Comprends-tu cela, Marie ? Me tuer de sang-froid, en cérémonie, pour le bien de la chose ! Ah ! grand Dieu !

Pauvre petite ! ton père qui t'aimait tant, ton père qui baisait ton petit cou blanc et parfumé, qui passait la main sans cesse dans les boucles de tes cheveux comme sur de la soie, qui prenait ton joli visage rond dans sa main, qui te faisait sauter sur ses genoux, et le soir joignait tes deux petites mains pour prier Dieu !

Qui est-ce qui te fera tout cela maintenant ? Qui est-ce qui t'aimera ? Tous les enfants de ton âge auront des pères, excepté toi. Comment te déshabitueras-tu, mon enfant, du Jour de l'An, des étrennes, des beaux joujoux, des bonbons et des baisers ? Comment te déshabitueras-tu, malheureuse orpheline, de boire et de manger ?

Oh ! si ces jurés l'avaient vue, au moins, ma jolie petite Marie ! ils auraient compris qu'il ne faut pas tuer le père d'un enfant de trois ans.

Et quand elle sera grande, si elle va jusque-là, que deviendra-t-elle ? Son père sera un des souvenirs du peuple de Paris. Elle rougira de moi et de mon nom ; elle sera méprisée, repoussée, vile à cause de moi, de moi qui l'aime de toutes les tendresses de mon cœur. Ô ma petite Marie bien-aimée ! Est-il bien vrai que tu auras honte et horreur de moi ?

Misérable ! quel crime j'ai commis, et quel crime je fais commettre à la société !

Oh ! est-il bien vrai que je vais mourir avant la fin du jour ? Est-il bien vrai que c'est moi ? Ce bruit sourd de cris que j'entends au-dehors, ce flot de peuple joyeux qui déjà se hâte sur les quais, ces gendarmes qui s'apprêtent dans leurs casernes, ce prêtre en robe noire, cet autre homme aux mains rouges, c'est pour moi ! c'est moi qui vais mourir ! moi, le même qui est ici, qui vit, qui se meut, qui respire, qui est assis à cette table, laquelle ressemble à une autre table, et pourrait aussi bien être ailleurs ; moi, enfin, ce moi que je touche et que je sens, et dont le vêtement fait les plis que voilà !

XXVII

Encore si je savais comment cela est fait, et de quelle façon on meurt là-dessus ! mais c'est horrible, je ne le sais pas.

Le nom de la chose est effroyable, et je ne comprends point comment j'ai pu jusqu'à présent l'écrire et le prononcer.

La combinaison de ces dix lettres, leur aspect, leur physionomie est bien faite pour réveiller une idée épouvantable, et le médecin de malheur qui a inventé la chose avait un nom prédestiné.

L'image que j'y attache, à ce mot hideux, est vague, indéterminée, et d'autant plus sinistre. Chaque syllabe est comme une pièce de la machine. J'en construis et j'en démolis sans cesse dans mon esprit la monstrueuse charpente.

Je n'ose faire une question là-dessus, mais il est affreux de ne savoir ce que c'est, ni comment s'y prendre. Il paraît qu'il y a une bascule et qu'on vous couche sur le ventre... Ah ! mes cheveux blanchiront avant que ma tête ne tombe !

XXVIII [1]

Je l'ai cependant entrevue une fois.

Je passais sur la place de Grève, en voiture, un jour, vers onze heures du matin. Tout à coup la voiture s'arrêta.

Il y avait foule sur la place. Je mis la tête à la portière. Une populace encombrait la Grève et le quai, et des femmes, des hommes, des enfants étaient debout sur le parapet. Au-dessus des têtes, on voyait une espèce d'estrade en bois rouge que trois hommes échafaudaient.

Un condamné devait être exécuté le jour même, et l'on bâtissait la machine.

Je détournai la tête avant d'avoir vu. À côté de la voiture, il y avait une femme qui disait à un enfant :

— Tiens, regarde ! le couteau coule mal, ils vont graisser la rainure avec un bout de chandelle.

1. Nous savons que ce chapitre est un souvenir autobiographique de Victor Hugo, relaté dans *Victor Hugo raconté par un témoin de sa vie*, tome I.

C'est probablement là qu'ils en sont aujourd'hui.

Onze heures viennent de sonner. Ils graissent sans doute la rainure.

Ah ! cette fois, malheureux, je ne détournerai pas la tête.

XXIX

Ô ma grâce ! ma grâce ! on me fera peut-être grâce. Le roi ne m'en veut pas. Qu'on aille chercher mon avocat ! vite l'avocat ! Je veux bien des galères. Cinq ans de galères, et que tout soit dit — ou vingt ans, ou à perpétuité avec le fer rouge. Mais grâce de la vie !

Un forçat, cela marche encore, cela va et vient, cela voit le soleil.

XXX

Le prêtre est revenu.

Il a des cheveux blancs, l'air très doux, une bonne et respectable figure ; c'est en effet un homme excellent et charitable. Ce matin, je l'ai vu vider sa bourse dans les mains des prisonniers. D'où vient que sa voix n'a rien qui émeuve et qui soit ému ? D'où vient qu'il ne m'a rien dit encore qui m'ait pris par l'intelligence ou par le cœur ?

Ce matin, j'étais égaré. J'ai à peine entendu ce qu'il m'a dit. Cependant ses paroles m'ont semblé inutiles, et je suis resté indifférent ; elles ont glissé comme cette pluie froide sur cette vitre glacée.

Cependant, quand il est rentré tout à l'heure près de moi, sa vue m'a fait du bien. C'est parmi tous ces hommes le seul qui soit encore homme pour moi, me suis-je dit. Et il m'a pris une ardente soif de bonnes et consolantes paroles.

Nous nous sommes assis, lui sur la chaise, moi sur le lit. Il m'a dit :

— Mon fils...

Ce mot m'a ouvert le cœur. Il a continué :

— Mon fils, croyez-vous en Dieu ?

— Oui, mon père, lui ai-je répondu.

— Croyez-vous en la sainte Église catholique, apostolique et romaine ?

— Volontiers, lui ai-je dit.

— Mon fils, a-t-il repris, vous avez l'air de douter.

Alors il s'est mis à parler. Il a parlé longtemps ; il a dit beaucoup de paroles ; puis, quand il a cru avoir fini, il s'est levé et m'a regardé pour la première fois depuis le commencement de son discours, en m'interrogeant :

— Eh bien ?

Je proteste que je l'avais écouté avec avidité d'abord, puis avec attention, puis avec dévouement.

Je me suis levé aussi.

— Monsieur, lui ai-je répondu, laissez-moi seul, je vous prie.

Il m'a demandé :

— Quand reviendrai-je ?

— Je vous le ferai savoir.

Alors il est sorti sans colère, mais en hochant la tête, comme se disant à lui-même : Un impie !

Non, si bas que je sois tombé, je ne suis pas un impie, et Dieu m'est témoin que je crois en lui. Mais que m'a-t-il dit, ce vieillard ? Rien de senti, rien d'attendri, rien de pleuré, rien d'arraché de l'âme, rien qui vînt de son cœur pour aller au mien, rien qui fût de lui à moi. Au contraire, je ne sais quoi de vague, d'inaccentué, d'applicable à tout et à tous ; emphatique où il eût été besoin de profondeur, plat où il eût fallu être simple ; une espèce de sermon sentimental et d'élégie théologique [1]. Çà et là, une citation latine en latin. Saint Augustin, saint Grégoire [2], que sais-je ? Et puis il avait l'air de réciter une leçon déjà vingt fois récitée, de repasser un thème, oblitéré dans sa mémoire à force d'être su. Pas un regard dans l'œil, pas un accent dans la voix, pas un geste dans les mains.

Et comment en serait-il autrement ? Ce prêtre est l'aumônier en titre de la prison. Son état est de consoler et d'exhorter [3], il vit de cela. Les forçats, les patients sont du ressort de son éloquence. Il les confesse et les assiste, parce qu'il a sa place à faire. Il a vieilli à mener des hommes mourir. Depuis longtemps il est habitué à ce qui fait frissonner les autres ; ses cheveux, bien poudrés à blanc, ne se dressent plus ; le bagne et l'échafaud sont de tous les jours pour lui. Il est blasé. Probablement il a son cahier ; telle page les galériens, telle page les condamnés à mort. On l'avertit la veille qu'il y aura

1. Il s'agit d'une œuvre dont le thème est la plainte de l'homme par rapport à la non-intervention de Dieu dans ses malheurs.
2. Saint Augustin (354-430) est une des principales figures de référence de l'Occident chrétien face aux hérétiques. Célèbre pour son livre, *Les Confessions*. Saint Grégoire (213-270) était un évêque réputé pour ses guérisons miraculeuses et les conversions qu'il aurait obtenues.
3. Cela signifie encourager.

quelqu'un à consoler le lendemain à telle heure ; il demande ce que c'est, galérien ou supplicié ? en relit la page ; et puis il vient. De cette façon, il advient que ceux qui vont à Toulon et ceux qui vont à la Grève sont un lieu commun pour lui, et qu'il est un lieu commun pour eux.

Oh ! qu'on m'aille donc, au lieu de cela, chercher quelque jeune vicaire [1], quelque vieux curé, au hasard, dans la première paroisse venue ; qu'on le prenne au coin de son feu, lisant son livre et ne s'attendant à rien, et qu'on lui dise :

— Il y a un homme qui va mourir, et il faut que ce soit vous qui le consoliez. Il faut que vous soyez là quand on lui liera les mains, là quand on lui coupera les cheveux ; que vous montiez dans sa charrette avec votre crucifix pour lui cacher le bourreau ; que vous soyez cahoté avec lui par le pavé jusqu'à la Grève ; que vous traversiez avec lui l'horrible foule buveuse de sang ; que vous l'embrassiez au pied de l'échafaud, et que vous restiez jusqu'à ce que la tête soit ici et le corps là.

Alors, qu'on me l'amène, tout palpitant, tout frissonnant de la tête aux pieds ; qu'on me jette entre ses bras, à ses genoux ; et il pleurera, et nous pleurerons, et il sera éloquent, et je serai consolé, et mon cœur se dégonflera dans le sien, et il prendra mon âme, et je prendrai son Dieu.

Mais ce bon vieillard, qu'est-il pour moi ? que suis-je pour lui ? Un individu de l'espèce malheureuse, une ombre comme il en a déjà tant vu, une unité à ajouter au chiffre des exécutions.

---

1. *Vicaire* : celui qui aide ou remplace le curé.

J'ai peut-être tort de le repousser ainsi ; c'est lui qui est bon et moi qui suis mauvais. Hélas ! ce n'est pas ma faute. C'est mon souffle de condamné qui gâte et flétrit tout.

On vient de m'apporter de la nourriture ; ils ont cru que je devais en avoir besoin. Une table délicate et recherchée, un poulet, il me semble, et autre chose encore. Eh bien ! j'ai essayé de manger ; mais, à la première bouchée, tout est tombé de ma bouche, tant cela m'a paru amer et fétide !

XXXI

Il vient d'entrer un monsieur, le chapeau sur la tête, qui m'a à peine regardé, puis a ouvert un pied-de-roi [1] et s'est mis à mesurer de bas en haut les pierres du mur, parlant d'une voix très haute pour dire tantôt : *C'est cela* ; tantôt : *Ce n'est pas cela.*

J'ai demandé au gendarme qui c'était. Il paraît que c'est une espèce de sous-architecte employé à la prison.

De son côté, sa curiosité s'est éveillée sur mon compte. Il a échangé quelques demi-mots avec le porte-clefs qui l'accompagnait ; puis a fixé un instant les yeux sur moi, a secoué la tête d'un air insouciant, et s'est remis à parler à haute voix et à prendre des mesures.

Sa besogne finie, il s'est approché de moi en me disant avec sa voix éclatante :

1. *Pied-de-roi* : règle pliante graduée.

— Mon bon ami, dans six mois cette prison sera beaucoup mieux.

Et son geste semblait ajouter : Vous n'en jouirez pas, c'est dommage.

Il souriait presque. J'ai cru voir le moment où il allait me railler doucement, comme on plaisante une jeune mariée le soir de ses noces.

Mon gendarme, vieux soldat à chevrons, s'est chargé de la réponse.

— Monsieur, lui a-t-il dit, on ne parle pas si haut dans la chambre d'un mort.

L'architecte s'en est allé.

Moi, j'étais là, comme une des pierres qu'il mesurait.

XXXII

Et puis, il m'est arrivé une chose ridicule.

On est venu relever mon bon vieux gendarme, auquel, ingrat égoïste que je suis, je n'ai seulement pas serré la main. Un autre l'a remplacé : homme à front déprimé, des yeux de bœuf, une figure inepte.

Au reste, je n'y avais fait aucune attention. Je tournais le dos à la porte, assis devant la table ; je tâchais de rafraîchir mon front avec ma main, et mes pensées troublaient mon esprit.

Un léger coup, frappé sur mon épaule, m'a fait tourner la tête. C'était le nouveau gendarme, avec qui j'étais seul.

Voici à peu près de quelle façon il m'a adressé la parole.

— Criminel, avez-vous bon cœur ?

— Non, lui ai-je dit.

La brusquerie de ma réponse a paru le déconcerter. Cependant il a repris en hésitant :

— On n'est pas méchant pour le plaisir de l'être.

— Pourquoi non ? ai-je répliqué. Si vous n'avez que cela à me dire, laissez-moi. Où voulez-vous en venir ?

— Pardon, mon criminel, a-t-il répondu. Deux mots seulement. Voici. Si vous pouviez faire le bonheur d'un pauvre homme, et que cela ne vous coûtât rien, est-ce que vous ne le feriez pas ?

J'ai haussé les épaules.

— Est-ce que vous arrivez de Charenton [1] ? Vous choisissez un singulier vase pour y puiser du bonheur. Moi, faire le bonheur de quelqu'un !

Il a baissé la voix et pris un air mystérieux, ce qui n'allait pas à sa figure idiote.

— Oui, criminel, oui bonheur, oui fortune. Tout cela me sera venu de vous. Voici. Je suis un pauvre gendarme. Le service est lourd, la paye est légère ; mon cheval est à moi et me ruine. Or, je mets à la loterie pour contre-balancer. Il faut bien avoir une industrie. Jusqu'ici il ne m'a manqué pour gagner que d'avoir de bons numéros. J'en cherche partout de sûrs ; je tombe toujours à côté. Je mets le 76 ; il sort le 77. J'ai beau les nourrir [2] ils ne viennent pas... — Un peu de patience, s'il vous plaît, je suis à la fin. — Or, voici une belle occasion pour moi. Il paraît, pardon, criminel, que vous passez aujourd'hui. Il est certain que les morts qu'on fait périr comme cela

1. *Charenton* est un hôpital psychiatrique célèbre, au sud-est de Paris.

2. Cela signifie jouer un numéro jusqu'à ce qu'il sorte.

voient la loterie d'avance. Promettez-moi de venir demain soir, qu'est-ce que cela vous fait ? me donner trois numéros, trois bons. Hein ? — Je n'ai pas peur des revenants, soyez tranquille. — Voici mon adresse : Caserne Popincourt, escalier A n° 26, au fond du corridor. Vous me reconnaîtrez bien, n'est-ce pas ? Venez même ce soir, si cela vous est plus commode.

J'aurais dédaigné de lui répondre, à cet imbécile, si une espérance folle ne m'avait traversé l'esprit. Dans la position désespérée où je suis, on croit par moments qu'on briserait une chaîne avec un cheveu.

— Écoute, lui ai-je dit en faisant le comédien autant que le peut faire celui qui va mourir, je puis en effet te rendre plus riche que le roi, te faire gagner des millions. À une condition.

Il ouvrait des yeux stupides.

— Laquelle ? laquelle ? tout pour vous plaire, mon criminel.

— Au lieu de trois numéros, je t'en promets quatre. Change d'habits avec moi.

— Si ce n'est que cela ! s'est-il écrié en défaisant les premières agrafes de son uniforme.

Je m'étais levé de ma chaise. J'observais tous ses mouvements, mon cœur palpitait. Je voyais déjà les portes s'ouvrir devant l'uniforme de gendarme, et la place, et la rue, et le Palais de Justice derrière moi !

Mais il s'est retourné d'un air indécis.

— Ah çà ! ce n'est pas pour sortir d'ici ?

J'ai compris que tout était perdu. Cependant j'ai tenté un dernier effort, bien inutile et bien insensé !

— Si fait, lui ai-je dit, mais ta fortune est faite...

Il m'a interrompu.

— Ah bien non ! tiens ! et mes numéros ! Pour qu'ils soient bons, il faut que vous soyez mort.

Je me suis rassis, muet et plus désespéré de toute l'espérance que j'avais eue.

XXXIII

J'ai fermé les yeux, et j'ai mis les mains dessus, et j'ai tâché d'oublier, d'oublier le présent dans le passé. Tandis que je rêve, les souvenirs de mon enfance et de ma jeunesse me reviennent un à un, doux, calmes, riants, comme des îles de fleurs sur ce gouffre de pensées noires et confuses qui tourbillonnent dans mon cerveau.

Je me revois enfant, écolier rieur et frais, jouant, courant, criant avec mes frères dans la grande allée verte de ce jardin sauvage où ont coulé mes premières années, ancien enclos de religieuses que domine de sa tête de plomb le sombre dôme du Val-de-Grâce [1].

Et puis, quatre ans plus tard, m'y voilà encore, toujours enfant, mais déjà rêveur et passionné. Il y a une jeune fille dans le solitaire jardin.

La petite Espagnole [2], avec ses grands yeux et ses grands cheveux, sa peau brune et dorée, ses lèvres rouges et ses joues roses, l'Andalouse de quatorze ans, Pepa.

---

1. *Le Val-de-Grâce* est une ancienne abbaye qui fut fermée à la Révolution pour être transformée en hôpital militaire et en hospice pour les enfants trouvés.
2. C'est un souvenir autobiographique de Victor Hugo se rendant en Espagne pour y retrouver son père.

Nos mères nous ont dit d'aller courir ensemble : nous sommes venus nous promener.

On nous a dit de jouer, et nous causons, enfants du même âge, non du même sexe.

Pourtant, il n'y a encore qu'un an, nous courions, nous luttions ensemble. Je disputais à Pepita la plus belle pomme du pommier ; je la frappais pour un nid d'oiseau. Elle pleurait ; je disais : C'est bien fait ! et nous allions tous deux nous plaindre ensemble à nos mères, qui nous donnaient tort tout haut et raison tout bas.

Maintenant elle s'appuie sur mon bras et je suis tout fier et tout ému. Nous marchons lentement, nous parlons bas. Elle laisse tomber son mouchoir ; je le lui ramasse. Nos mains tremblent en se touchant. Elle me parle des petits oiseaux, de l'étoile qu'on voit là-bas, du couchant vermeil derrière les arbres, ou bien de ses amies de pension, de sa robe et de ses rubans. Nous disons des choses innocentes, et nous rougissons tous deux. La petite fille est devenue jeune fille.

Ce soir-là — c'était un soir d'été —, nous étions sous les marronniers, au fond du jardin. Après un de ces longs silences qui remplissaient nos promenades, elle quitta tout à coup mon bras, et me dit : Courons !

Je la vois encore, elle était tout en noir, en deuil de sa grand-mère. Il lui passa par la tête une idée d'enfant, Pepa redevint Pepita, elle me dit : Courons !

Et elle se mit à courir devant moi avec sa taille fine comme le corset d'une abeille et ses petits pieds qui relevaient sa robe jusqu'à mi-jambe. Je la poursuivis, elle fuyait ; le vent de sa course soulevait par moments sa pèlerine [1] noire, et me laissait voir son dos brun et frais.

J'étais hors de moi. Je l'atteignis près du vieux puisard en ruine ; je la pris par la ceinture, du droit de victoire, et je la fis asseoir sur un banc de gazon ; elle ne résista pas. Elle était essoufflée et riait. Moi, j'étais sérieux, et je regardais ses prunelles noires à travers ses cils noirs.

— Asseyez-vous là, me dit-elle. Il fait encore grand jour, lisons quelque chose. Avez-vous un livre ?

J'avais sur moi le tome second des *Voyages de Spallanzani* [2]. J'ouvris au hasard, je me rapprochai d'elle, elle appuya son épaule à mon épaule, et nous nous mîmes à lire chacun de notre côté, tout bas, la

même page. Avant de tourner le feuillet, elle était toujours obligée de m'attendre. Mon esprit allait moins vite que le sien.

— Avez-vous fini ? me disait-elle, que j'avais à peine commencé.

Cependant nos têtes se touchaient, nos cheveux se mêlaient, nos haleines peu à peu se rapprochèrent, et nos bouches tout à coup.

Quand nous voulûmes continuer notre lecture, le ciel était étoilé.

— Oh ! maman, maman, dit-elle en rentrant, si tu savais comme nous avons couru !

Moi, je gardais le silence.

— Tu ne dis rien, me dit ma mère, tu as l'air triste.

1. *Pèlerine* : manteau sans manche avec un capuchon.

2. *Les Voyages de Spallanzani* : souvenir de lecture du jeune Hugo.

J'avais le paradis dans le cœur.

C'est une soirée que je me rappellerai toute ma vie.

Toute ma vie !

XXXIV

Une heure vient de sonner. Je ne sais laquelle : j'entends mal le marteau de l'horloge. Il me semble que j'ai un bruit d'orgue dans les oreilles ; ce sont mes dernières pensées qui bourdonnent.

À ce moment suprême où je me recueille dans mes souvenirs, j'y retrouve mon crime avec horreur ; mais je voudrais me repentir davantage encore. J'avais plus de remords avant ma condamnation ; depuis, il semble qu'il n'y ait plus de place que pour les pensées de mort. Pourtant, je voudrais bien me repentir beaucoup.

Quand j'ai rêvé une minute à ce qu'il y a de passé dans ma vie, et que j'en reviens au coup de hache qui doit la terminer tout à l'heure, je frissonne comme d'une chose nouvelle. Ma belle enfance ! ma belle jeunesse ! étoffe dorée dont l'extrémité est sanglante. Entre alors et à présent, il y a une rivière de sang, le sang de l'autre et le mien.

Si on lit un jour mon histoire, après tant d'années d'innocence et de bonheur, on ne voudra pas croire à cette année exécrable, qui s'ouvre par un crime et se clôt par un supplice ; elle aura l'air dépareillée.

Et pourtant, misérables lois et misérables hommes, je n'étais pas un méchant !

Oh ! mourir dans quelques heures, et penser qu'il y a un an, à pareil jour, j'étais libre et pur, que je faisais mes promenades d'automne, que j'errais sous les arbres, et que je marchais dans les feuilles !

XXXV

En ce moment même, il y a tout auprès de moi, dans ces maisons qui font cercle autour du Palais et de la Grève, et partout dans Paris, des hommes qui vont et viennent, causent et rient, lisent le journal, pensent à leurs affaires ; des marchands qui vendent ; des jeunes filles qui préparent leurs robes de bal pour ce soir ; des mères qui jouent avec leurs enfants !

XXXVI

Je me souviens qu'un jour, étant enfant, j'allai voir le bourdon [1] de Notre-Dame.

J'étais déjà étourdi d'avoir monté le sombre escalier en colimaçon, d'avoir parcouru la frêle galerie qui lie les deux tours, d'avoir eu Paris sous les pieds, quand j'entrai dans la cage de pierre et de charpente où pend le bourdon avec son battant, qui pèse un millier [2].

J'avançai en tremblant sur les planches mal jointes, regardant à distance cette cloche si fameuse

1. *Bourdon* : grosse cloche à son grave.
2. Un *millier* correspond à mille livres, soit 500 kilos.

parmi les enfants et le peuple de Paris, et ne remarquant pas sans effroi que les auvents couverts d'ardoises qui entourent le clocher de leurs plans inclinés étaient au niveau de mes pieds. Dans les intervalles, je voyais, en quelque sorte à vol d'oiseau, la place du Parvis-Notre-Dame, et les passants comme des fourmis.

Tout à coup l'énorme cloche tinta, une vibration profonde remua l'air, fit osciller la lourde tour. Le plancher sautait sur les poutres. Le bruit faillit me renverser ; je chancelai, prêt à tomber, prêt à glisser sur les auvents d'ardoises en pente. De terreur, je me couchai sur les planches, les serrant étroitement de mes deux bras, sans parole, sans haleine, avec ce formidable tintement dans les oreilles, et sous les yeux ce précipice, cette place profonde où se croisaient tant de passants paisibles et enviés.

Eh bien ! il me semble que je suis encore dans la tour du bourdon. C'est tout ensemble un étourdissement et un éblouissement. Il y a comme un bruit de cloche qui ébranle les cavités de mon cerveau ; et autour de moi je n'aperçois plus cette vie plane et tranquille que j'ai quittée, et où les autres hommes cheminent encore, que de loin et à travers les crevasses d'un abîme.

XXXVII

L'Hôtel de Ville est un édifice sinistre.

Avec son toit aigu et roide, son clocheton bizarre, son grand cadran blanc, ses étages à petites colonnes, ses mille croisées, ses escaliers usés par les pas, ses deux arches à droite et à gauche, il est là, de plain-pied avec la Grève ; sombre, lugubre, la face toute rongée de vieillesse, et si noir qu'il est noir au soleil.

Les jours d'exécution, il vomit des gendarmes de toutes ses portes, et regarde le condamné avec toutes ses fenêtres.

Et le soir, son cadran, qui a marqué l'heure, reste lumineux sur sa façade ténébreuse.

XXXVIII

Il est une heure et quart.

Voici ce que j'éprouve maintenant :

Une violente douleur de tête. Les reins froids, le front brûlant. Chaque fois que je me lève ou que je me penche, il me semble qu'il y a un liquide qui flotte dans mon cerveau, et qui fait battre ma cervelle contre les parois du crâne.

J'ai des tressaillements convulsifs, et de temps en temps la plume tombe de mes mains comme par une secousse galvanique.

Les yeux me cuisent comme si j'étais dans la fumée.

J'ai mal dans les coudes.

Encore deux heures et quarante-cinq minutes, et je serai guéri.

XXXIX

Ils disent que ce n'est rien, qu'on ne souffre pas, que c'est une fin douce, que la mort de cette façon est bien simplifiée.

Eh ! qu'est-ce donc que cette agonie de six semaines et ce râle de tout un jour ? Qu'est-ce que les angoisses de cette journée irréparable, qui s'écoule si lentement et si vite ? Qu'est-ce que cette échelle de tortures qui aboutit à l'échafaud ?

Apparemment ce n'est pas là souffrir.

Ne sont-ce pas les mêmes convulsions, que le sang s'épuise goutte à goutte, ou que l'intelligence s'éteigne pensée à pensée ?

Et puis, on ne souffre pas, en sont-ils sûrs ? Qui le leur a dit ? Conte-t-on que jamais une tête coupée se soit dressée sanglante au bord du panier, et qu'elle ait crié au peuple : Cela ne fait pas de mal !

Y a-t-il des morts de leur façon qui soient venus les remercier et leur dire : C'est bien inventé. Tenez-vous-en là. La mécanique est bonne.

Est-ce Robespierre ? Est-ce Louis XVI [1] ?...

Non, rien ! moins qu'une minute, moins qu'une seconde, et la chose est faite. Se sont-ils jamais mis, seulement en pensée, à la place de celui qui est là, au moment où le lourd tranchant qui tombe mord la chair, rompt les nerfs, brise les vertèbres... Mais quoi ! une demi-seconde ! la douleur est escamotée... Horreur !

1. Robespierre fut guillotiné le 27 juillet 1794, Louis XVI le 21 janvier 1793. Victor Hugo met en parallèle les destins de ces deux hommes qui furent ennemis de leur vivant.

XL

Il est singulier que je pense sans cesse au roi. J'ai beau faire, beau secouer la tête, j'ai une voix dans l'oreille qui me dit toujours :

— Il y a dans cette même ville, à cette même heure, et pas bien loin d'ici, dans un autre palais, un homme qui a aussi des gardes à toutes ses portes, un homme unique comme toi dans le peuple, avec cette différence qu'il est aussi haut que tu es bas. Sa vie entière, minute par minute, n'est que gloire, grandeur, délices, enivrement. Tout est autour de lui amour, respect, vénération. Les voix les plus hautes deviennent basses en lui parlant et les fronts les plus fiers ploient. Il n'a que de la soie et de l'or sous les

yeux. À cette heure, il tient quelque conseil de ministres où tous sont de son avis, ou bien songe à la chasse de demain, au bal de ce soir, sûr que la fête viendra à l'heure, et laissant à d'autres le travail de ses plaisirs. Eh bien ! cet homme est de chair et d'os comme toi ! Et pour qu'à l'instant même l'horrible échafaud s'écroulât, pour que tout te fût rendu, vie, liberté, fortune, famille, il suffirait qu'il écrivît avec cette plume les sept lettres [1] de son nom au bas d'un morceau de papier, ou même que son carrosse rencontrât ta charrette ! Et il est bon, et il ne demanderait pas mieux peut-être, et il n'en sera rien !

---

1. Le condamné espère que le roi Charles X écrira les sept lettres de son nom, c'est-à-dire qu'il signera sa grâce.

XLI

Eh bien donc ! ayons courage avec la mort, prenons cette horrible idée à deux mains, et considérons-la en face. Demandons-lui compte de ce qu'elle est, sachons ce qu'elle nous veut, retournons-la en tous sens, épelons l'énigme, et regardons d'avance dans le tombeau.

Il me semble que, dès que mes yeux seront fermés, je verrai une grande clarté et des abîmes de lumière où mon esprit roulera sans fin. Il me semble que le ciel sera lumineux de sa propre essence, que les astres y feront des taches obscures, et qu'au lieu d'être comme pour les yeux vivants des paillettes d'or sur du velours noir, ils sembleront des points noirs sur du drap d'or.

Ou bien, misérable que je suis, ce sera peut-être un gouffre hideux, profond, dont les parois seront tapissées de ténèbres, et où je tomberai sans cesse en voyant des formes remuer dans l'ombre.

Ou bien, en m'éveillant après le coup, je me trouverai peut-être sur quelque surface plane et humide, rampant dans l'obscurité et tournant sur moi-même comme une tête qui roule. Il me semble qu'il y aura un grand vent qui me poussera, et que je serai heurté çà et là par d'autres têtes roulantes. Il y aura par places des mares et des ruisseaux d'un liquide inconnu et tiède ; tout sera noir. Quand mes yeux, dans leur rotation, seront tournés en haut, ils ne verront qu'un ciel d'ombre, dont les couches épaisses pèseront sur eux, et au loin dans le fond de grandes arches de fumée plus noires que les ténèbres. Ils verront aussi voltiger dans la nuit de petites étincelles rouges, qui, en s'approchant, deviendront des oiseaux de feu. Et ce sera ainsi toute l'éternité.

Il se peut bien aussi qu'à certaines dates les morts de la Grève se rassemblent par de noires nuits d'hiver sur la place qui est à eux. Ce sera une foule pâle et sanglante, et je n'y manquerai pas. Il n'y aura pas de lune, et l'on parlera à voix basse. L'Hôtel de Ville sera là, avec sa façade vermoulue, son toit déchiqueté, et son cadran qui aura été sans pitié pour tous. Il y aura sur la place une guillotine de l'enfer, où un démon exécutera un bourreau ; ce sera à quatre heures du matin. À notre tour nous ferons foule autour.

Il est probable que cela est ainsi. Mais si ces morts-là reviennent, sous quelle forme reviennent-

ils ? Que gardent-ils de leur corps incomplet et mutilé ? Que choisissent-ils ? Est-ce la tête ou le tronc qui est spectre ?

Hélas ! qu'est-ce que la mort fait avec notre âme ? quelle nature lui laisse-t-elle ? qu'a-t-elle à lui prendre ou à lui donner ? où la met-elle ? lui prête-t-elle quelquefois des yeux de chair pour regarder sur la terre, et pleurer ?

Ah ! un prêtre ! un prêtre qui sache cela ! Je veux un prêtre, et un crucifix à baiser !

Mon Dieu, toujours le même !

XLII

Je l'ai prié de me laisser dormir, et je me suis jeté sur le lit.

En effet, j'avais un flot de sang dans la tête, qui

m'a fait dormir. C'est mon dernier sommeil, de cette espèce.

J'ai fait un rêve [1].

J'ai rêvé que c'était la nuit. Il me semblait que j'étais dans mon cabinet avec deux ou trois de mes amis, je ne sais plus lesquels.

Ma femme était couchée dans la chambre à coucher, à côté, et dormait avec son enfant.

Nous parlions à voix basse, mes amis et moi, et ce que nous disions nous effrayait.

Tout à coup il me sembla entendre un bruit quelque part dans les autres pièces de l'appartement. Un bruit faible, étrange, indéterminé.

Mes amis avaient entendu comme moi. Nous écoutâmes : c'était comme une serrure qu'on ouvre sourdement, comme un verrou qu'on scie à petit bruit.

Il y avait quelque chose qui nous glaçait : nous avions peur. Nous pensâmes que peut-être c'étaient des voleurs qui s'étaient introduits chez moi, à cette heure si avancée de la nuit.

Nous résolûmes d'aller voir. Je me levai, je pris la bougie. Mes amis me suivaient, un à un.

Nous traversâmes la chambre à coucher, à côté. Ma femme dormait avec son enfant.

Puis nous arrivâmes dans le salon. Rien. Les portraits étaient immobiles dans leurs cadres d'or sur la tenture rouge. Il me sembla que la porte du salon à la salle à manger n'était point à sa place ordinaire.

---

1. Il s'agit d'une nouvelle référence autobiographique. Ce rêve a été retranscrit par la fille de Victor Hugo, Adèle, dans son *Journal.*

Nous entrâmes dans la salle à manger ; nous en fîmes le tour. Je marchais le premier. La porte sur l'escalier était bien fermée, les fenêtres aussi. Arrivé près du poêle, je vis que l'armoire au linge était ouverte, et que la porte de cette armoire était tirée sur l'angle du mur comme pour le cacher.

Cela me surprit. Nous pensâmes qu'il y avait quelqu'un derrière la porte.

Je portai la main à cette porte pour refermer l'armoire ; elle résista. Étonné, je tirai plus fort, elle céda brusquement, et nous découvrîmes une petite vieille, les mains pendantes, les yeux fermés, immobile, debout, et comme collée dans l'angle du mur.

Cela avait quelque chose de hideux, et mes cheveux se dressent d'y penser.

Je demandai à la vieille :

— Que faites-vous là ?

Elle ne répondit pas.

Je lui demandai :

— Qui êtes-vous ?

Elle ne répondit pas, ne bougea pas, et resta les yeux fermés.

Mes amis dirent :

— C'est sans doute la complice de ceux qui sont entrés avec de mauvaises pensées ; ils se sont échappés en nous entendant venir ; elle n'aura pu fuir et s'est cachée là.

Je l'ai interrogée de nouveau, elle est demeurée sans voix, sans mouvement, sans regard.

Un de nous l'a poussée à terre, elle est tombée.

Elle est tombée tout d'une pièce, comme un morceau de bois, comme une chose morte.

Nous l'avons remuée du pied, puis deux de nous

l'ont relevée et de nouveau appuyée au mur. Elle n'a donné aucun signe de vie. On lui a crié dans l'oreille, elle est restée muette comme si elle était sourde.

Cependant, nous perdions patience, et il y avait de la colère dans notre terreur. Un de nous m'a dit :

— Mettez-lui la bougie sous le menton.

Je lui ai mis la mèche enflammée sous le menton. Alors elle a ouvert un œil à demi, un œil vide, terne, affreux, et qui ne regardait pas.

J'ai ôté la flamme et j'ai dit :

— Ah ! enfin ! répondras-tu, vieille sorcière ? Qui es-tu ?

L'œil s'est refermé comme de lui-même.

— Pour le coup, c'est trop fort, ont dit les autres. Encore la bougie ! encore ! il faudra bien qu'elle parle.

J'ai replacé la lumière sous le menton de la vieille.

Alors, elle a ouvert ses deux yeux lentement, nous a regardés tous les uns après les autres, puis, se baissant brusquement, a soufflé la bougie avec un souffle glacé. Au même moment j'ai senti trois dents aiguës s'imprimer sur ma main, dans les ténèbres.

Je me suis réveillé, frissonnant et baigné d'une sueur froide.

Le bon aumônier était assis au pied de mon lit, et lisait des prières.

— Ai-je dormi longtemps ? lui ai-je demandé.

— Mon fils, m'a-t-il dit, vous avez dormi une heure. On vous a amené votre enfant. Elle est là dans la pièce voisine, qui vous attend. Je n'ai pas voulu qu'on vous éveillât.

— Oh ! ai-je crié, ma fille, qu'on m'amène ma fille !

XLIII

Elle est fraîche, elle est rose, elle a de grands yeux, elle est belle !

On lui a mis une petite robe qui lui va bien.

Je l'ai prise, je l'ai enlevée dans mes bras, je l'ai assise sur mes genoux, je l'ai baisée sur ses cheveux.

Pourquoi pas avec sa mère ? — Sa mère est malade, sa grand-mère aussi. C'est bien.

Elle me regardait d'un air étonné ; caressée, embrassée, dévorée de baisers et se laissant faire mais jetant de temps en temps un coup d'œil inquiet sur sa bonne, qui pleurait dans le coin.

Enfin j'ai pu parler.

— Marie ! ai-je dit, ma petite Marie !

Je la serrais violemment contre ma poitrine enflée de sanglots. Elle a poussé un petit cri.

— Oh ! vous me faites du mal, monsieur, m'a-t-elle dit.

Monsieur ! il y a bientôt un an qu'elle ne m'a vu, la pauvre enfant. Elle m'a oublié, visage, parole, accent ; et puis, qui me reconnaîtrait avec cette barbe, ces habits et cette pâleur ? Quoi ! déjà effacé de cette mémoire, la seule où j'eusse voulu vivre ! Quoi ! déjà plus père ! être condamné à ne plus entendre ce mot, ce mot de la langue des enfants, si doux qu'il ne peut rester dans celle des hommes : *papa* !

Et pourtant l'entendre de cette bouche, encore une fois, une seule fois, voilà tout ce que j'eusse demandé pour les quarante ans de vie qu'on me prend.

— Écoute, Marie, lui ai-je dit en joignant ses deux petites mains dans les miennes, est-ce que tu ne me connais point ?

Elle m'a regardé avec ses beaux yeux, et a répondu :

— Ah bien non !

— Regarde bien, ai-je répété. Comment, tu ne sais pas qui je suis ?

— Si, a-t-elle dit. Un monsieur.

Hélas ! n'aimer ardemment qu'un seul être au monde, l'aimer avec tout son amour, et l'avoir devant soi, qui vous voit et vous regarde, vous parle et vous répond, et ne vous connaît pas ! Ne vouloir de consolation que de lui, et qu'il soit le seul qui ne sache pas qu'il vous en faut parce que vous aller mourir !

— Marie, ai-je repris, as-tu un papa ?

— Oui, monsieur, a dit l'enfant.

— Eh bien, où est-il ?

Elle a levé ses grands yeux étonnés.

— Ah ! vous ne savez donc pas ? il est mort.

Puis elle a crié ; j'avais failli la laisser tomber.

— Mort ! disais-je. Marie, sais-tu ce que c'est qu'être mort ?

— Oui, monsieur, a-t-elle répondu. Il est dans la terre et dans le ciel.

Elle a continué d'elle-même :

— Je prie le bon Dieu pour lui matin et soir sur les genoux de maman.

Je l'ai baisée au front.

— Marie, dis-moi ta prière.

— Je ne peux pas, monsieur. Une prière, cela ne se dit pas dans le jour. Venez ce soir dans ma maison ; je la dirai.

C'était assez de cela. Je l'ai interrompue.

— Marie, c'est moi qui suis ton papa.

— Ah ! m'a-t-elle dit.

J'ai ajouté :

— Veux-tu que je sois ton papa ?

L'enfant s'est détournée.

— Non, mon papa était bien plus beau.

Je l'ai couverte de baisers et de larmes. Elle a cherché à se dégager de mes bras en criant :

— Vous me faites mal avec votre barbe.

Alors, je l'ai replacée sur mes genoux, en la couvant des yeux, et puis je l'ai questionnée.

— Marie, sais-tu lire ?

— Oui, a-t-elle répondu. Je sais bien lire. Maman me fait lire mes lettres.

— Voyons, lis un peu, lui ai-je dit en lui montrant un papier qu'elle tenait chiffonné dans une de ses petites mains.

Elle a hoché sa jolie tête.

— Ah bien ! je ne sais lire que des fables.

— Essaie toujours. Voyons, lis.

Elle a déployé le papier, et s'est mise à épeler avec son doigt :

- A, R, *ar*, R, Ê, T, *rêt*, ARRÊT...

Je lui ai arraché cela des mains. C'est ma sentence de mort qu'elle me lisait. Sa bonne avait eu le papier pour un sou. Il me coûtait plus cher, à moi.

Il n'y a pas de paroles pour ce que j'éprouvais. Ma violence l'avait effrayée ; elle pleurait presque. Tout à coup elle m'a dit :

— Rendez-moi donc mon papier, tiens ! c'est pour jouer.

Je l'ai remise à sa bonne.

— Emportez-la.

Et je suis retombé sur ma chaise, sombre, désert, désespéré. À présent ils devraient venir ; je ne tiens plus à rien ; la dernière fibre de mon cœur est brisée. Je suis bon pour ce qu'ils vont faire.

XLIV

Le prêtre est bon, le gendarme aussi. Je crois qu'ils ont versé une larme quand j'ai dit qu'on m'emportât mon enfant.

C'est fait. Maintenant il faut que je me roidisse en moi-même, et que je pense fermement au bourreau, à la charrette, aux gendarmes, à la foule sur le pont, à la foule sur le quai, à la foule aux fenêtres, et à ce qu'il y aura exprès pour moi sur cette lugubre place de Grève, qui pourrait être pavée des têtes qu'elle a vu tomber.

Je crois que j'ai encore une heure pour m'habituer à tout cela.

XLV

Tout ce peuple rira, battra des mains, applaudira. Et parmi tous ces hommes, libres et inconnus des geôliers, qui courent pleins de joie à une exécution, dans cette foule de têtes qui couvrira la place, il y aura plus d'une tête prédestinée qui suivra la mienne tôt ou tard dans le panier rouge. Plus d'un qui y vient pour moi y viendra pour soi.

Pour ces êtres fatals il y a sur un certain point de la place de Grève un lieu fatal, un centre d'attraction, un piège. Ils tournent autour jusqu'à ce qu'ils y soient.

XLVI

Ma petite Marie ! On l'a remmenée jouer ; elle regarde la foule par la portière du fiacre, et ne pense déjà plus à ce *monsieur.*

Peut-être aurais-je encore le temps d'écrire quelques pages pour elle, afin qu'elle les lise un jour, et qu'elle pleure dans quinze ans pour aujourd'hui.

Oui, il faut qu'elle sache par moi mon histoire, et pourquoi le nom que je lui laisse est sanglant.

XLVII

MON HISTOIRE [1]

Note de l'éditeur. — On n'a pu encore retrouver les feuillets qui se rattachaient à celui-ci. Peut-être,

---

1. Dans la Préface à l'édition de 1832, Victor Hugo justifie le choix qu'il fait de ne donner aucune notation réaliste sur le crime du condamné. « Ce livre est adressé à quiconque juge. Et pour que le plaidoyer soit aussi vaste que la cause, il a dû, et c'est pour cela que *Le Dernier Jour d'un condamné* est ainsi fait, élaguer de toutes parts dans son sujet, le contingent, l'accident, le particulier, le spécial, le relatif, le modifiable, l'épisode, l'anecdote, l'événement, le nom propre, et se borner (si c'est là se borner) à plaider la cause d'un condamné quelconque, exécuté un jour quelconque, pour un crime quelconque. »

comme ceux qui suivent semblent l'indiquer, le condamné n'a-t-il pas eu le temps de les écrire. Il était tard quand cette pensée lui est venue.

XLVIII

D'une chambre de l'Hôtel de Ville.

De l'Hôtel de Ville !... Ainsi j'y suis. Le trajet exécrable est fait. La place est là, et au-dessous de la fenêtre l'horrible peuple qui aboie, et m'attend, et rit.

J'ai eu beau me roidir, beau me crisper, le cœur m'a failli. Quand j'ai vu au-dessus des têtes ces deux bras rouges, avec leur triangle noir au bout, dressés entre les deux lanternes du quai, le cœur m'a failli. J'ai demandé à faire une dernière déclaration. On m'a déposé ici, et l'on est allé chercher quelque procureur du roi. Je l'attends, c'est toujours cela de gagné.

Voici :

Trois heures sonnaient, on est venu m'avertir qu'il était temps. J'ai tremblé, comme si j'eusse pensé à autre chose depuis six heures, depuis six semaines, depuis six mois. Cela m'a fait l'effet de quelque chose d'inattendu.

Ils m'ont fait traverser leurs corridors et descendre leurs escaliers. Ils m'ont poussé entre deux guichets du rez-de-chaussée, salle sombre, étroite, voûtée, à peine éclairée d'un jour de pluie et de brouillard. Une chaise était au milieu. Ils m'ont dit de m'asseoir ; je me suis assis.

Il y avait près de la porte et le long des murs quelques personnes debout, outre le prêtre et les gendarmes, et il y avait aussi trois hommes.

Le premier, le plus grand, le plus vieux, était gras et avait la face rouge. Il portait une redingote et un chapeau à trois cornes déformé. C'était lui.

C'était le bourreau, le valet de la guillotine. Les deux autres étaient ses valets, à lui.

À peine assis, les deux autres se sont approchés de moi, par-derrière, comme des chats, puis tout à coup j'ai senti un froid d'acier dans mes cheveux et les ciseaux ont grincé à mes oreilles.

Mes cheveux, coupés au hasard, tombaient par mèches sur mes épaules, et l'homme au chapeau à trois cornes les époussetait doucement avec sa grosse main.

Autour, on parlait à voix basse.

Il y avait un grand bruit au-dehors, comme un frémissement qui ondulait dans l'air. J'ai cru d'abord que c'était la rivière ; mais, à des rires qui éclataient, j'ai reconnu que c'était la foule.

Un jeune homme, près de la fenêtre, qui écrivait, avec un crayon, sur un portefeuille, a demandé à un des guichetiers comment s'appelait ce qu'on faisait là.

— La toilette du condamné, a répondu l'autre.

J'ai compris que cela serait demain dans le journal.

Tout à coup l'un des valets m'a enlevé ma veste, et l'autre a pris mes deux mains qui pendaient, les a ramenées derrière mon dos, et j'ai senti les nœuds d'une corde se rouler lentement autour de mes poignets rapprochés. En même temps, l'autre détachait ma cravate. Ma chemise de batiste [1], seul lambeau qui me restât du moi d'autrefois, l'a fait en quelque sorte hésiter un moment ; puis il s'est mis à en couper le col.

À cette précaution horrible, au saisissement de l'acier qui touchait mon cou, mes coudes ont tressailli, et j'ai laissé échapper un rugissement étouffé. La main de l'exécuteur a tremblé.

— Monsieur, m'a-t-il dit, pardon ! Est-ce que je vous ai fait mal ?

Ces bourreaux sont des hommes très doux.

La foule hurlait plus haut au-dehors.

Le gros homme au visage bourgeonné m'a offert à respirer un mouchoir imbibé de vinaigre.

— Merci, lui ai-je dit de la voix la plus forte que j'ai pu, c'est inutile ; je me trouve bien.

Alors l'un d'eux s'est baissé et m'a lié les deux pieds, au moyen d'une corde fine et lâche, qui ne me laissait à faire que de petits pas. Cette corde est venue se rattacher à celle de mes mains.

Puis le gros homme a jeté la veste sur mon dos, et a noué les manches ensemble sous mon menton. Ce qu'il y avait à faire là était fait.

Alors le prêtre s'est approché avec son crucifix.

— Allons, mon fils, m'a-t-il dit.

Les valets m'ont pris sous les aisselles. Je me suis levé, j'ai marché. Mes pas étaient mous et fléchissaient comme si j'avais eu deux genoux à chaque jambe.

1. *Batiste* : toile de lin très fine. Encore un indice du rang social aisé du condamné.

En ce moment la porte extérieure s'est ouverte à deux battants. Une clameur furieuse et l'air froid et la lumière blanche ont fait irruption jusqu'à moi dans l'ombre. Du fond du sombre guichet, j'ai vu brusquement tout à la fois, à travers la pluie, les mille têtes hurlantes du peuple entassées pêle-mêle sur la rampe du grand escalier du Palais ; à droite, de plain-pied avec le seuil, un rang de chevaux de gendarmes, dont la porte basse ne me découvrait que les pieds de devant et les poitrails ; en face, un détachement de soldats en bataille ; à gauche, l'arrière d'une charrette, auquel s'appuyait une roide échelle. Tableau hideux, bien encadré dans une porte de prison.

C'est pour ce moment redouté que j'avais gardé mon courage. J'ai fait trois pas, et j'ai paru sur le seuil du guichet.

— Le voilà ! le voilà ! a crié la foule. Il sort ! enfin !

Et les plus près de moi battaient des mains. Si fort qu'on aime un roi, ce serait moins de fête.

C'était une charrette ordinaire, avec un cheval étique [1] et un charretier en sarrau [2] bleu à dessins rouges, comme ceux des maraîchers [3] des environs de Bicêtre.

Le gros homme en chapeau à trois cornes est monté le premier.

— Bonjour, monsieur Samson [4] ! criaient des enfants pendus à des grilles.

1. *Étique* : d'une maigreur extrême.

2. *Sarrau* : blouse de travail, portée par-dessus des vêtements.

3. *Maraîchers* : jardiniers qui cultivent des légumes.

4. *Monsieur Samson* : célèbre bourreau issu d'une famille où l'on était bourreau de père en fils.

Un valet l'a suivi.

— Bravo, Mardi ! ont crié de nouveau les enfants.

Ils se sont assis tous deux sur la banquette de devant.

C'était mon tour. J'ai monté d'une allure assez ferme.

— Il va bien ! a dit une femme à côté des gendarmes.

Cet atroce éloge m'a donné du courage. Le prêtre est venu se placer auprès de moi. On m'avait assis sur la banquette de derrière, le dos tourné au cheval. J'ai frémi de cette dernière attention.

Ils mettent de l'humanité là-dedans.

J'ai voulu regarder autour de moi. Gendarmes devant, gendarmes derrière ; puis de la foule, de la foule, et de la foule ; une mer de têtes sur la place.

Un piquet de gendarmerie à cheval m'attendait à la porte de la grille du Palais.

L'officier a donné l'ordre. La charrette et son cortège se sont mis en mouvement, comme poussés en avant par un hurlement de la populace.

On a franchi la grille. Au moment où la charrette a tourné vers le Pont-au-Change [1], la place a éclaté en bruit, du pavé aux toits, et les ponts et les quais ont répondu à faire un tremblement de terre.

C'est là que le piquet qui attendait s'est rallié à l'escorte.

— Chapeaux bas ! chapeaux bas ! criaient mille bouches ensemble. Comme pour le roi.

---

1. *Le Pont-au-Change* est le pont sur la Seine qui relie l'île de la Cité à la rive droite de la Seine.

Alors j'ai ri horriblement aussi, moi, et j'ai dit au prêtre :

— Eux les chapeaux, moi la tête.

On allait au pas.

Le quai aux Fleurs [1] embaumait ; c'est jour de marché. Les marchandes ont quitté leurs bouquets pour moi.

Vis-à-vis, un peu avant la tour carrée qui fait le coin du Palais, il y a des cabarets, dont les entresols étaient pleins de spectateurs heureux de leurs belles places. Surtout des femmes. La journée doit être bonne pour les cabaretiers.

On louait des tables, des chaises, des échafaudages, des charrettes. Tout pliait de spectateurs. Des marchands de sang humain criaient à tue-tête :

— Qui veut des places ?

Une rage m'a pris contre ce peuple. J'ai eu envie de leur crier :

— Qui veut la mienne ?

Cependant la charrette avançait. À chaque pas qu'elle faisait, la foule se démolissait derrière elle, et je la voyais de mes yeux égarés qui s'allait reformer plus loin sur d'autres points de mon passage.

En entrant sur le Pont-au-Change, j'ai par hasard jeté les yeux à ma droite en arrière. Mon regard s'est arrêté sur l'autre quai, au-dessus des maisons, à une tour noire, isolée, hérissée de sculptures, au sommet de laquelle je voyais deux monstres de pierre assis de profil. Je ne sais pourquoi j'ai demandé au prêtre ce que c'était que cette tour.

1. *Le quai aux Fleurs* longe la Seine en face de la place de l'Hôtel-de-Ville. Il est célèbre pour son marché aux fleurs.

— Saint-Jacques-la-Boucherie [1], a répondu le bourreau.

J'ignore comment cela se faisait ; dans la brume, et malgré la pluie fine et blanche qui rayait l'air comme un réseau de fils d'araignée, rien de ce qui se passait autour de moi ne m'a échappé. Chacun de ces détails m'apportait sa torture. Les mots manquent aux émotions. Vers le milieu de ce Pont-au-Change, si large et si encombré que nous cheminions à grand-peine, l'horreur m'a pris violemment. J'ai craint de défaillir, dernière vanité ! Alors je me suis étourdi moi-même pour être aveugle et pour être sourd à tout, excepté au prêtre, dont j'entendais à peine les paroles, entrecoupées de rumeurs.

J'ai pris le crucifix et je l'ai baisé.

— Ayez pitié de moi, ai-je dit, ô mon Dieu !

Et j'ai tâché de m'abîmer dans cette pensée.

Mais chaque cahot de la dure charrette me secouait. Puis tout à coup je me suis senti un grand froid. La pluie avait traversé mes vêtements, et mouillait la peau de ma tête à travers mes cheveux coupés et courts.

— Vous tremblez de froid, mon fils ? m'a demandé le prêtre.

— Oui, ai-je répondu.

Hélas ! pas seulement de froid [2].

---

1. C'est le clocher de l'ancienne église Saint-Jacques de style gothique flamboyant. Son surnom lui vient de l'ancienne boucherie qui se trouvait à côté et qui fut démolie en 1803, lors de la construction de la place du Châtelet.
2. C'est une référence historique. Malesherbes, l'avocat de Louis XVI, aurait répondu à son bourreau que, s'il tremblait, c'était de froid.

Au détour du pont, des femmes m'ont plaint d'être si jeune.

Nous avons pris le fatal quai. Je commençais à ne plus voir, à ne plus entendre. Toutes ces voix, toutes ces têtes aux fenêtres, aux portes, aux grilles des boutiques, aux branches des lanternes ; ces spectateurs avides et cruels ; cette foule où tous me connaissent et où je ne connais personne ; cette route pavée et murée de visages humains... J'étais ivre, stupide, insensé. C'est une chose insupportable que le poids de tant de regards appuyés sur vous.

Je vacillais donc sur le banc, ne prêtant même plus d'attention au prêtre et au crucifix.

Dans le tumulte qui m'enveloppait, je ne distinguais plus les cris de pitié des cris de joie, les rires

des plaintes, les voix du bruit ; tout cela était une rumeur qui résonnait dans ma tête comme dans un écho de cuivre.

Mes yeux lisaient machinalement les enseignes des boutiques.

Une fois, l'étrange curiosité me prit de tourner la tête et de regarder vers quoi j'avançais. C'était une dernière bravade de l'intelligence. Mais le corps ne voulut pas ; ma nuque resta paralysée et d'avance comme morte.

J'entrevis seulement de côté, à ma gauche, au-delà de la rivière, la tour de Notre-Dame, qui, vue de là, cache l'autre. C'est celle où est le drapeau. Il y avait beaucoup de monde, et qui devait bien voir.

Et la charrette allait, allait, et les boutiques passaient, et les enseignes se succédaient, écrites, peintes, dorées, et la populace riait et trépignait dans la boue, et je me laissais aller, comme à leurs rêves ceux qui sont endormis.

Tout à coup la série des boutiques qui occupait mes yeux s'est coupée à l'angle d'une place ; la voix de la foule est devenue plus vaste, plus glapissante, plus joyeuse encore ; la charrette s'est arrêtée subitement, et j'ai failli tomber la face sur les planches. Le prêtre m'a soutenu.

— Courage ! a-t-il murmuré.

Alors on a apporté une échelle à l'arrière de la charrette ; il m'a donné le bras, je suis descendu, puis j'ai fait un pas, puis je me suis retourné pour en faire un autre, et je n'ai pu. Entre les deux lanternes du quai, j'avais vu une chose sinistre.

Oh ! c'était la réalité !

Je me suis arrêté, comme chancelant déjà du coup.

— J'ai une dernière déclaration à faire ! ai-je crié faiblement.

On m'a monté ici.

J'ai demandé qu'on me laissât écrire mes dernières volontés. Ils m'ont délié les mains, mais la corde est ici, toute prête, et le reste est en bas.

XLIX

Un juge, un commissaire, un magistrat, je ne sais de quelle espèce, vient de venir. Je lui ai demandé ma grâce en joignant les deux mains et en me traînant sur les deux genoux. Il m'a répondu, en souriant fatalement, si c'est là tout ce que j'avais à lui dire.

— Ma grâce ! ma grâce ! ai-je répété, ou, par pitié, cinq minutes encore !

Qui sait ? elle viendra peut-être ! Cela est si horrible à mon âge, de mourir ainsi ! Des grâces qui arrivent au dernier moment, on l'a vu souvent. Et à qui fera-t-on grâce, monsieur, si ce n'est à moi ?

Cet exécrable bourreau ! il s'est approché du juge pour lui dire que l'exécution devait être faite à une certaine heure, que cette heure approchait, qu'il était responsable, que d'ailleurs il pleut, et que cela risque de se rouiller.

— Eh, par pitié ! une minute [1] pour attendre ma grâce ! ou je me défends ! je mords !

Le juge et le bourreau sont sortis. Je suis seul. Seul avec deux gendarmes.

Oh ! l'horrible peuple avec ses cris d'hyène. Qui sait si je ne lui échapperai pas ? si je ne serai pas sauvé ? si ma grâce ?... Il est impossible qu'on ne me fasse pas grâce !

Ah ! les misérables ! il me semble qu'on monte l'escalier...

QUATRE HEURES

---

1. Il s'agit d'une allusion aux cris désespérés de Madame du Barry, ancienne maîtresse de Louis XV, guillotinée pendant la Révolution. Elle se serait écriée : « Encore une petite minute, Monsieur le bourreau ! »

Dossier-lecture

Le faux en écriture

Lisez attentivement cet extrait de l'*Histoire de Robert Macaire* écrite par Louis-François Raban en 1828-1829.

VII - Un quart d'heure de fièvre chaude

« Condamné à mort !...

Avant cette idée, j'étais un homme comme un autre... mon esprit original était sous le charme des caprices. Je les déroulais les uns après les autres, sans ordre, sans fin, festonnant cette rude écorce qu'on appelle la vie, et qui n'est à proprement parler, comme dit Werther [1], qu'un chemin escarpé et étroit, où l'on gravit plutôt qu'on ne monte et où l'on s'emberlificote les jambes.

Quelquefois je pensais à des jeunes filles, à des étoiles, à un petit verre de kirch, à une queue à procédé [2]. Il m'arrivait aussi de me porter sur le boulevard en face d'un pâtissier et d'un marchand de marrons, et je me plaisais à exciter par mes bâillements, le bâillement de la femme du pâtissier. Je me rappelle aussi que j'allais à la messe de minuit ; j'étais armé d'une longue broche ou aiguille, et à l'aide d'un fil que je plaçais dans le chaton, je me plaisais à coudre ensemble les vieilles filles, les jeunes femmes aux cheveux blonds ou bruns ; puis la chasuble du prêtre donnait aussi passage à mon fil ; souvent même il m'arriva d'enfiler dans ce chapelet humain et l'habit galonné du suisse de paroisse, et le châle de

1. Héros du roman de Goethe, *Les Souffrances du jeune Werther* (1774). C'est un jeune homme d'une très grande sensibilité, dont les tourments reflétaient ceux des jeunes gens de sa génération. Le roman connut un grand succès en Europe.

2. Queue de billard. Le procédé désignant la rondelle de cuir appliquée au bout de la queue de billard.

la loueuse de chaises, et le haillon du vieux mendiant qui le jour présente l'eau bénite et le soir fait des courtages d'amour. C'était toujours fête dans mon imagination : je pouvais penser à ce que je voulais, j'étais libre.

Maintenant je suis captif, mon corps est prisonnier entre quatre murs, mon idée est enclose dans l'intérieur d'une idée fixe, mais dans une atroce, dans une infâme, dans une abominable idée, dans une idée enfin dont on n'a pas idée.

Quoi que je fasse, elle est toujours là cette idée, exacte à son poste comme un expéditionnaire à son bureau le jour du paiement, fidèle à sa place comme le factionnaire à sa guérite, comme la jeune fille à son premier rendez-vous. Quoi que je fasse, elle est toujours là avec moi, près de moi, sur moi, dans moi, cette infernale idée. Elle me serre les côtes comme un corset de plomb, elle m'entre dans les chairs comme un masque d'airain. Elle m'entre par les yeux avec le jour, elle me rentre dans le corps avec le potage que je consomme, elle se place avec la prise de tabac que je présente à ma narine béante, elle est toujours brillante près de moi, comme ces deux yeux de feu rouge placés sur le front des omnibus nocturnes. Dans mes rêves, elle reparaît sous la forme d'un couteau, mais non pas d'un couteau de cuisine, ni d'un couteau de poche, ni d'une serpette, ni d'un eustache, mais ce couteau qui a une forme toute particulière, comme qui dirait une hachette, un couperet.

Condamné à mort ! »

1 À quel passage du *Dernier Jour d'un condamné* cet extrait vous fait-il songer ? ....

....

2 Soulignez les formulations identiques :

....

....

3 Repérez quelques-uns des procédés de Raban pour écrire ce plagiat, puis réutilisez-les en devenant, à votre tour, un plagiaire de talent. ....

....

Les Mémoires d'un condamné

Le texte suivant est un extrait des *Mémoires* de Lacenaire (1836), célèbre criminel de l'époque de Hugo. Coupable de vol et d'un double assassinat, il fut condamné à mort et guillotiné.

« Un phrénologiste [1], M. du Moustier, m'a été amené et m'a modelé : ma figure serait devenue pourpre, s'il m'eût fallut avouer toutes les sensations, chaudes, tièdes et froides, qui me couraient le long de la colonne vertébrale, pendant la préparation de l'épreuve de moulage. Mais comme je sais garder la consigne que je me suis donnée, rien n'est paru.

Les réels apprêts pour l'échafaud, jusqu'à me raser les cheveux ! Le froid du rasoir sur la nuque, m'a fait courir un million de fourmis aux pattes froides, sur la chair. Avec un peu d'humanité, ce médecin me tirait de peine et abrégeait la besogne des autres ! Il est vrai que le plâtre ne m'aurait plus représenté que mort, et qu'il faut au moins, pour la curiosité de la science, deux copies une *avant*, l'autre *après*.

Ensuite, j'ai dû, couché sur le lit, renverser ma tête dans un demi-cercle en cuivre qui m'a pris au cou, comme le fera la lucarne de la guillotine. J'ai compris cela !

Est venu le plâtre : petit à petit ma face s'est trouvée couverte ; pour conserver ma respiration, deux petits tubes. [...]

---

1. *Phrénologiste* : médecin qui étudie le caractère d'un individu en fonction de la forme de son crâne.

J'avais les yeux fermés. Il y a eu un instant où je voyais mille lumières, une immense clarté ; on m'exécutait aux flambeaux ! Dans un autre instant, je plongeais dans un gouffre obscur, tout humide, et le diable de médecin, qui me tourmentait la tête, m'apparaissait comme l'exécuteur lui-même... J'attendais le coup : la fascination fut si forte, que je voulus faire résistance ; je m'agitai, afin de briser le masque de plâtre, et de m'échapper de dessous ; la certitude d'y réussir me causait la vive attente d'échapper au bourreau.

Le médecin m'a crié : « Patience, ce ne sera pas long... un peu de complaisance. » J'ai repris mon calme en me rendant compte. Le fils de M. Samson ne parle jamais au supplicié ; puis, si alerte que fût le médecin, s'il eût été l'exécuteur, il aurait bien plus vite fait ! [...]

Le cabanon est bien humide... j'ai froid... l'horloge vient de frapper un coup... est-ce l'heure, ou déjà la demie ?... Grave différence, j'en suis à me débattre contre les quarts d'heure !... [...]

Quand je pense que demain à pareille heure... Avril [1], Avril !... l'animal ! il dort !... que nenni !... il a peur. La peur intelligente veut le bruit ; la peur de la brute veut le silence... Je voudrais bien savoir quelle mine ce coquin-là fera demain matin ! aura-t-il encore ce long rire stupide et féroce [...]

Dieu !... me voici à genoux... mes yeux sont fermés... je descends en moi... Quel tas de sales idées, de sales choses ! quel cloaque !... Comment verrais-je Dieu, au milieu de tout cela ?... J'ouvre mes yeux... l'obscurité est profonde ; si tout à coup une grande clarté venait à étinceler... ce serait Dieu ! Dieu qui me visiterait !... Quel bruit de cloches, de cris, de chants, quel bourdonnement !... Ce tapage n'a lieu que dans ma tête... Pauvre tête !... demain elle sera sourde à tous ces bruits... Ah! que j'ai froid !

1. *Avril* : complice de Lacenaire.

Voilà comment ils me prouvent que la civilisation a aboli la torture !... Plus de tenailles, de chevalets, d'eau chaude... c'est vrai... Louis XVI, modeste en sa personne, supprima ce luxe ; mais il dut juger, la veille du 21 janvier [1], qu'il n'avait point aboli la plus cruelle des tortures... celle qui a ses tenailles dans le for intérieur du condamné à mort... Rêvé-je ? l'horloge a sonné cinq coups... cinq heures du matin !... Miséricorde !... dans quatre heures, moi qui me sens, me parle... je ne serai plus de ce monde... plus de voix, plus d'yeux, plus d'oreilles !... où serai-je ?...

Si j'osais, je crierais, j'appellerais, je demanderais à vivre... je ferais des révélations... je me ferais reconduire à Paris... à la Conciergerie : je vivais là ! je voyais du monde ; on craignait de me chagriner, on s'intéressait à moi... quel bonheur de m'y revoir... ce serait renaître ! Si je savais qu'en appelant... *Père Martin ! père Martin !* lâche que je suis... j'ai peur... [...]

Un mot de plus, et demain tout Paris aurait su que Lacenaire avait demandé sa grâce... Baste ! je poignarde cent fois, je me fais plus de mal que ne m'en fera le bourreau !

Comment, déjà !... est-ce que je me serais trompé d'heure ? ai-je dormi, par hasard ?... [...] je me suis souvent fait cette question qui me paraissait oiseuse : “ À qui ai-je adressé ma première parole en naissant ; à qui adresserai-je mon dernier mot en mourant ? ” Cette dernière partie de la question est répondue par la présence de cet homme ; c'est lui qui surprendra mon dernier sentiment... Je veux le regarder bien en face, afin de me familiariser avec lui, et que sa main, lorsqu'il me touchera, ne me fasse bondir comme sous le fer rouge, ou sous la griffe d'un tigre... Où donc est Avril ?... ah ! le voici. Butor [2] ! il a le jarret souple comme l'aurait un chat ;

1. Jour de l'exécution de Louis XVI.

2. Nom d'un oiseau dont le cri évoque le mugissement du taureau. Par extension, cela désigne un personnage sans finesse.

mais je ne m'y trompe pas, la peur le fouaille !... qu'il est laid ! et ce fut là mon associé !... horrible liquidation !... […]

Est-ce fait ?... oui... on lève l'écrou !... Lacenaire est libre !... il sort de prison !... et me voici dans la voiture : je me sens les extrémités froides. J'ai un carillon dans la tête... Oh ! mon Dieu ! quel tapage !... Ce sont les roues... Où vais-je ? juste ciel, où vais-je ? mais cela n'est pas possible, je ne vais pas si vite pour être tué !... Un cahot qui brise l'équipage et une pierre qui m'ouvre le crâne… […]

Je vais voir, en descendant de voiture, un échafaud, une foule, un panier, quatre hommes qui me saisiront ; l'un des quatre sera le bourreau. Le moyen de conserver son énergie à l'instant de cette horrible mise en scène ? Mais cet homme a tranché la tête de Louis XVI, de Marie-Antoinette [1], de la Gironde [2] entière... il a tué Vergniaud [3], il a tué Charlotte Corday [4], Madame Roland [5] ; … Effaçons, par l'exécration et le repentir, le souvenir de mon ignoble existence et du sang que j'ai versé... je suis un condamné politique !... qui me démentira ? je ne l'aurai dit à personne ; c'est un compromis entre ce qui reste en moi d'idéalité et la peur physique qui me tord les muscles et me presse les entrailles... je rattache les débris de mon existence à une généreuse querelle... je meurs pour un principe... l'exaltation du martyr me gagne, la spiri-

1. Reine de France d'origine autrichienne, femme de Louis XVI, elle fut guillotinée le 16 octobre 1793.
2. *La Gironde* désigne un groupe politique sous la Révolution, dont plusieurs des députés étaient originaires de Gironde. Partisans d'une monarchie constitutionnelle, ils s'opposèrent aux montagnards qui voulaient l'extension de la Révolution. Vingt et un d'entre eux furent condamnés et guillotinés en octobre 1793.
3. *Vergniaud* : un des grands orateurs girondins. Il fut exécuté le 2 juin 1793.
4. Cette jeune fille décida de tuer Marat qu'elle jugeait responsable de la Terreur et des condamnations anti-girondins. Elle le poignarda dans son bain, fut condamnée à mort pour ce crime et exécutée.
5. Elle fut guillotinée en novembre 1793 pour avoir été influente auprès des girondins.

tualité des belles morts me pénètre... que cette idée se maintienne nette et entière de l'escalier à la lucarne... je ferai bonne contenance... je mourrai tranquille... la voiture s'arrête... Horreur ! où suis-je... voyons, du courage... qui suis-je pour ce peuple ? Lacenaire, l'infâme Lacenaire... ah ! le couteau !...

Décidément à quelques incidents près — et tous fort secondaires — ce sera moins effrayant que je ne le pensais. Toute la difficulté consistera à me maintenir dans une idéalité secourable : que cela soit, et je n'aurai pas menti, en leur assurant que je mourrai bravement.

J'aurai bien le teint pâle, les jambes un peu avinées ; mais qu'est-ce que les jambes, en pareille affaire ? la bête qui est sous l'homme ! [...]

Est-ce qu'il y aurait des pressentiments ?... Est-ce que la seconde vue serait permise ?... J'ai passé la nuit entière à regarder la mort ; il me semble maintenant qu'elle est dans mon cachot... [...] j'ai à réfléchir sur certaines questions... cela ne peut pas être pour demain, c'est que l'hallucination de cette nuit m'a fatigué le cerveau ; je vois trouble. Demain je me propose d'écrire à mon père ; cela me réconciliera avec moi-même... Oh ! mais une lettre écrite avec le sang de ma conscience... Pauvre père, je lui pardonne de ne m'avoir point aimé lorsque enfant, j'étais encore innocent !... et, pour ce qui a suivi, je lui demanderai de me pardonner à son tour !... Voilà une pensée qui me rafraîchit le sang !... Je dormirai bien cette nuit... Bonsoir, gardien, bonsoir, factionnaire... Je dépose ma plume ; mais demain, je veux que la lettre à mon père soit l'acte de purification de ces *Mémoires* ; je l'y transcrirai tout entière ! »

Vers pour l'échafaud

Lisez ce poème de Hugo paru le 30 mars 1856 dans son recueil *La Légende des siècles* :

C'était fini. Splendide, étincelant, superbe,
Luisant sur la cité comme la faulx sur l'herbe,
Large acier dont le jour faisait une clarté,
Ayant je ne sais quoi dans sa tranquillité
De l'éblouissement du triangle mystique,
Pareil à la lueur au fond du temple antique,
Le fatal couperet relevé triomphait.
Il n'avait rien gardé de ce qu'il avait fait
Qu'une petite tache imperceptible et rouge.

Le bourreau s'en était retourné dans son bouge ;
Et la peine de mort, remmenant ses valets,
Juges, prêtres, était rentrée en son palais,
Avec son tombereau terrible dont la roue,
Silencieuse, laisse un sillon dans la boue
Qui se remplit de sang sitôt qu'elle a passé.
La foule disait : bien ! car l'homme est insensé,
Et ceux qui suivent tout, et dont c'est la manière,
Suivent même ce char et même cette ornière.

J'étais là. Je pensais. Le couchant empourprait
Le grave Hôtel de Ville aux luttes toujours prêt,
Entre Hier qu'il médite et Demain dont il rêve.
L'échafaud achevait, resté seul sur la Grève,
Sa journée, en voyant expirer le soleil.

Le crépuscule vint, aux fantômes pareil.
Et j'étais toujours là, je regardais la hache,
La nuit, la ville immense et la petite tache.
À mesure qu'au fond du firmament obscur

L'obscurité croissait comme un effrayant mur,
L'échafaud, bloc hideux de charpentes funèbres,
S'emplissait de noirceur et devenait ténèbres ;
Les horloges sonnaient, non l'heure, mais le glas ;
Et toujours, sur l'acier, quoique le coutelas
Ne fût plus qu'une forme épouvantable et sombre,
La rougeur de la tache apparaissait dans l'ombre.

Un astre, le premier qu'on aperçoit le soir,
Pendant que je songeais, montait dans le ciel noir.

Sa lumière rendait l'échafaud plus difforme.
L'astre se répétait dans le triangle énorme ;
Il y jetait, ainsi qu'en un lac, son reflet,
Lueur mystérieuse et sacrée ; il semblait
Que sur la hache horrible, aux meurtres coutumière,
L'astre laissait tomber sa larme de lumière.
Son rayon, comme un dard qui heurte et rebondit,
Frappait le fer d'un choc lumineux ; on eût dit
Qu'on voyait rejaillir l'étoile de la hache.
Comme un charbon tombant qui d'un feu se détache,
Il se répercutait dans ce miroir d'effroi,
Sur la justice humaine et sur l'humaine loi
De l'éternité calme auguste éclaboussure.
— Est-ce au ciel que ce fer a fait une blessure ?
Pensai-je. Sur quoi donc frappe l'homme hagard ?
Quel est donc ton mystère, ô glaive ? — Et mon regard
Errait, ne voyant plus rien qu'à travers un voile,
De la goutte de sang à la goutte d'étoile.

1 Relevez les différentes qualifications de l'échafaud. Comment son image évolue-t-elle avec les changements du ciel ? ....

....

2 Après avoir relevé le champ lexical de l'ombre et celui de la lumière, précisez la fonction symbolique de « l'astre, le premier qu'on aperçoit le soir ».

....

....

La tribune des débats

Voici un extrait de la Préface du *Dernier Jour d'un condamné*, de 1832. Lisez-le attentivement.

« [...] Qu'avez-vous à alléguer pour la peine de mort ?

Nous faisons cette question sérieusement : nous la faisons aux criminalistes, [...] aux hommes de loi proprement dits, aux dialecticiens, aux raisonneurs, à ceux qui aiment la peine de mort pour la peine de mort, pour sa beauté, pour sa bonté, pour sa grâce.

Voyons, qu'ils donnent leurs raisons.

Ceux qui jugent et qui condamnent disent la peine de mort nécessaire. D'abord, — parce qu'il importe de retrancher de la communauté sociale un membre qui lui a déjà nui et qui pourrait lui nuire encore. — S'il ne s'agissait que de cela, la prison perpétuelle suffirait. À quoi bon la mort ? Vous objecterez qu'on peut s'échapper d'une prison ? faites mieux votre ronde. Si vous ne croyez pas à la solidité des barreaux de fer, comment osez-vous avoir des ménageries ?

Pas de bourreau où le geôlier suffit.

Mais reprend-on, — il faut que la société se venge, que la société punisse. — Ni l'un, ni l'autre. Se venger est de l'individu, punir est de Dieu.

La société est entre les deux. Le châtiment est au-dessus d'elle, la vengeance au-dessous. Rien de si grand et de si petit ne lui sied. Elle ne doit pas « punir pour se venger » ; elle doit *corriger pour améliorer.* Transformez de cette façon la formule des criminalistes, nous la comprenons et nous y adhérons.

Reste la troisième et dernière raison, la théorie de l'exemple. — Il faut faire des exemples ! il faut épouvanter par le spectacle du sort reservé aux criminels ceux qui seraient tentés de les imiter ! — Voilà bien à peu près textuellement la phrase éternelle dont tous les réquisitoires des cinq cents parquets de France ne sont que des variations plus ou moins sonores. Eh bien ! nous nions d'abord qu'il y ait exemple. Nous nions que le spectacle des supplices produise l'effet qu'on attend. Loin d'édifier le peuple, il le démoralise, et ruine en lui toute sensibilité, partant toute vertu. Les preuves abondent, et encombreraient notre raisonnement si nous voulions en citer. Nous signalerons pourtant un fait entre mille, parce qu'il est le plus récent. Au moment où nous écrivons, il n'a que dix jours de date. Il est du 5 mars, dernier jour du carnaval. À Saint-Pol, immédiatement après l'exécution d'un incendiaire nommé Louis Camus, une troupe de masques est venue danser autour de l'échafaud encore fumant. Faites donc des exemples ! le mardi gras rit au nez. »

1 La stratégie argumentative :

A Complétez le tableau suivant en vous aidant de ce texte.

Pour la peine de mort	Contre la peine de mort
....	....
....	....
....	....

B Montrez, à l'aide d'indices précis, que le texte est construit comme un débat entre deux parties contradictoires.

C Choisissez un sujet de débat qui fait apparaître nettement deux parties en présence (pour ou contre). Sous la forme d'un tableau, mettez en avant trois arguments en faveur de la thèse que vous aurez choisie au préalable. Puis, pour chacun d'entre eux, imaginez l'argument contradictoire. Rédigez un texte sur le modèle de celui de Victor Hugo.

2 Mise au point théorique :
Assurez-vous que vous connaissez le sens des mots suivants :
A La thèse proposée : ....
B Un argument sert à : ....
C Réfuter une thèse : ....

3 L'art oratoire :
Être un bon avocat ne s'improvise pas. Outre la connaissance des lois, il faut savoir manier le langage pour convaincre son auditoire. Depuis l'Antiquité, la rhétorique (art de la parole) s'est attachée à donner des règles, en particulier dans le domaine juridique. En voici quelques-unes, concernant le plan d'un discours.

A *L'exorde* : consiste dans l'énoncé de la thèse que l'on veut soutenir. Puis, dans la *division* qui annonce les différentes parties du développement. Une invocation adressée à une personne humaine ou à une entité (exemple : la Justice, le bon sens, le respect de la liberté…) peut être faite ensuite.

B *Le nœud* ou corps du discours : il comprend l'argumentation. Elle se fait en deux temps : on développe les arguments en faveur de la thèse, puis on réfute les objections de son adversaire.

c *La péroraison* : elle rappelle la thèse et ses parties et communique l'émotion qui s'y rapporte (indignation, pitié, espoir...).

Lisez cet extrait d'un réquisitoire célèbre d'Émile Zola pour défendre le capitaine Dreyfus injustement condamné au bagne à perpétuité. Ce texte est paru dans *L'Aurore* le 13 janvier 1898 sous le titre célèbre : « J'accuse… » [1]

« J'accuse les trois experts en écritures, les sieurs Belhomme, Varinard et Couard, d'avoir fait des rapports mensongers et frauduleux, à moins qu'un examen médical ne les déclare atteints d'une maladie de la vue et du jugement [2].

J'accuse les bureaux de la guerre d'avoir mené dans la presse, particulièrement dans *L'Éclair* et dans *L'Écho de Paris,* une campagne abominable, pour égarer l'opinion et couvrir leur faute.

J'accuse enfin le premier conseil de guerre d'avoir violé le droit, en condamnant un accusé sur une pièce restée secrète [3], et j'accuse le second conseil de guerre, d'avoir couvert cette illégalité, par ordre, en commettant à son tour le crime juridique d'acquitter sciemment un coupable [4]. En portant des accusations, je n'ignore pas que je me mets sous le coup des articles 30 et 31 de la loi sur la presse du 29 juillet 1881, qui punit les délits de diffamation. Et c'est volontairement que je m'expose [5].

---

1. Dreyfus était accusé de trahison en faveur de l'Allemagne. Il était de confession juive et on disait qu'il était membre d'un « complot juif ». Au moment où Zola écrit ce texte, le véritable coupable est connu, mais Dreyfus ne fut gracié qu'en 1899 et réhabilité en 1906.
2. L'accusation s'appuyait sur un document qui, selon les experts, provenait de la main de Dreyfus.
3. Dreyfus avait été jugé alors qu'une pièce ne fut pas portée à la connaissance de son avocat.
4. Le vrai coupable venait d'être acquitté en janvier 1898.
5. Zola fut condamné à un an de prison et à une amende pour ce texte.

Quant aux gens que j'accuse, je ne les connais pas, je ne les ai jamais vus, je n'ai contre eux ni rancune ni haine. Ils ne sont pour moi que des entités, des esprits de malfaisance sociale. Et l'acte que j'accomplis ici n'est qu'un moyen révolutionnaire pour hâter l'explosion de la vérité et de la justice. Je n'ai qu'une passion, celle de la lumière, au nom de l'humanité qui a tant souffert, et qui a droit au bonheur. Ma protestation enflammée n'est que le cri de mon âme. Qu'on ose donc me traduire en cour d'assises et que l'enquête ait lieu au grand jour ! »

À quelle étape de son discours cet extrait correspond-il ? ......
....
....
....
....

À l'Assemblée nationale

Le 17 septembre 1981, Robert Badinter, ministre de la Justice, demande à l'Assemblée nationale l'abolition de la peine de mort.

« [...] Je sais qu'aujourd'hui — et c'est là un problème majeur — certains voient dans la peine de mort une sorte de recours ultime, une forme de défense extrême de la démocratie contre la menace grave que constitue le terrorisme. La guillotine, pensent-ils, protégerait éventuellement la démocratie au lieu de la déshonorer.

Cet argument procède d'une méconnaissance complète de la réalité. En effet, l'Histoire montre que, s'il est un type de crime qui n'a jamais reculé devant la menace de mort, c'est le crime politique. Et, plus spécifiquement, s'il est un type de femme ou d'homme que la menace de la mort ne saurait faire reculer, c'est bien le terroriste. D'abord, parce qu'il l'affronte au cours de l'action violente ; ensuite parce qu'au fond de lui, il éprouve cette trouble fascination de la violence et de la mort, celle qu'on donne, mais aussi celle qu'on reçoit. Le terrorisme, qui, pour moi, est un crime majeur contre la démocratie, et qui, s'il devait se lever dans ce pays, serait réprimé et poursuivi avec toute la fermeté requise, a pour cri de ralliement, quelle que soit l'idéologie qui l'anime, le terrible cri des fascistes de la guerre d'Espagne : " *Viva la muerte !* ", " Vive la mort ! " Alors, croire qu'on l'arrêtera avec la mort, c'est illusion.

Allons plus loin. Si, dans les démocraties voisines, pourtant en proie au terrorisme, on se refuse à rétablir la peine de mort, c'est, bien sûr, par exigence morale, mais aussi par raison politique. Vous savez en effet, qu'aux yeux de certains et surtout des jeunes, l'exécution du terroriste le transcende, le dépouille de ce qu'a été la réalité criminelle de ses actions, en fait une sorte de héros qui aurait été jusqu'au bout de sa course, qui, s'étant engagé au service d'une cause, aussi odieuse soit-elle, l'aurait servie jusqu'à la mort. Dès lors, apparaît le risque considérable, que précisément les hommes d'État des démocraties amies ont pesé, de voir se lever dans l'ombre, pour un terroriste exécuté, vingt jeunes gens égarés. Ainsi, loin de le combattre, la peine de mort nourrirait le terrorisme.

À cette considération de fait, il faut ajouter une donnée morale : utiliser contre les terroristes la peine de mort, c'est, pour une démocratie, faire siennes les valeurs de ces derniers. Quand, après l'avoir arrêté, après lui avoir extorqué des correspondances terribles, les terroristes, au terme d'une parodie dégradante de justice, exécutent celui qu'ils ont enlevé, non seulement ils commettent un crime odieux, mais ils tendent à la démocratie le piège le plus insidieux, celui d'une violence meurtrière qui, en forçant cette démocratie à recourir à la peine de mort, pourrait leur permettre de lui donner, par une sorte d'inversion des valeurs, le visage sanglant qui est le leur.

Cette tentation, il faut la refuser, sans jamais, pour autant, composer avec cette forme ultime de la violence, intolérable dans une démocratie, qu'est le terrorisme.

Mais lorsqu'on a dépouillé le problème de son aspect passionnel et qu'on veut aller jusqu'au bout de la lucidité, on constate que le choix entre le maintien et l'abolition de la peine de mort, c'est, en définitive, pour une société et pour chacun d'entre nous, un choix moral. [...]

Il s'agit bien, en définitive, dans l'abolition, d'un choix fondamental, d'une certaine conception de l'homme et de la justice. Ceux qui veulent une justice qui tue, ceux-là sont animés par une double conviction : qu'il existe des hommes totalement coupables, c'est-à-dire des hommes totalement responsables de leurs actes, et qu'il peut y avoir une justice sûre de son infaillibilité au point de dire que celui-là peut vivre et que celui-là doit mourir.

À cet âge de ma vie, l'une et l'autre affirmations me paraissent également erronées. Aussi terribles, aussi odieux que soient leurs actes, il n'est point d'hommes en cette terre dont la culpabilité soit totale et dont il faille pour toujours désespérer totalement. Aussi prudente que soit la justice, aussi mesurés et angoissés que soient les femmes et les hommes qui jugent, la justice demeure humaine, donc faillible.

Et je ne parle pas seulement de l'erreur judiciaire absolue, quand, après une exécution, il se révèle, comme cela peut encore arriver, que le condamné à mort était innocent et qu'une société entière — c'est-à-dire nous tous — au nom de laquelle le verdict a été rendu, devient ainsi collectivement coupable puisque sa justice rend possible l'injustice suprême. Je parle aussi de l'incertitude et de la contradiction des décisions rendues qui font que les mêmes accusés, condamnés à mort une première fois, dont la condamnation est cassée pour vice de forme, sont de nouveau jugés et, bien qu'il s'agisse des mêmes faits, échappent, cette fois-ci, à la mort, comme si, en justice, la vie d'un homme se jouait au hasard d'une erreur de plume d'un greffier. Ou bien tels condamnés, pour des crimes moindres, seront exécutés, alors que d'autres, plus coupables, sauveront leur tête à la faveur de la passion de l'audience, du climat ou de l'emportement de tel ou tel.

Cette sorte de loterie judiciaire, quelle que soit la peine qu'on éprouve à prononcer ce mot quand il y va de la vie d'une femme ou d'un homme, est intolérable. Le plus haut magistrat de France, M. Aydalot, au terme d'une longue carrière tout entière consacrée à la justice et, pour la plupart de son activité, au parquet, disait qu'à la mesure de sa hasardeuse application, la peine de mort lui était devenue, à lui magistrat, insupportable. Parce qu'aucun homme n'est totalement responsable, parce qu'aucune justice ne peut être absolument infaillible, la peine de mort est moralement inacceptable. »

À vous de jouer

Au tribunal

Connaissez-vous le sens des mots suivants ?

1 Le procureur :

A personne chargée de signer la condamnation

B représentant du ministère public, qui requiert au nom de la nation

C chef des jurés

2 L'assesseur :

A adjoint du président

B substitut du procureur

C personne chargée de consigner les minutes du procès

3 Le réquisitoire :

A discours des moyens de l'accusation

B demande écrite pour que le jugement soit cassé

C discours de l'avocat de la défense

4 La plaidoirie :

A discours de l'avocat de la défense

B discours exposant les faits d'un procès

C défense écrite de l'accusé

5 Quel est le seul jugement rendu sur lequel on ne peut pas revenir ?

A celui de la cour d'assises

B celui de la Cour de cassation

Autres mœurs, autre langage !

1 Quelles sont les figures de style qui sont à la base de ces expressions argotiques ?

A il y a du raisiné sur le trimar (il y a du sang sur le chemin) :

....

....

B la sorbonne (la tête) :

....

....

C la menteuse (la langue) :

....

....

2 Citez d'autres mots d'argot désignant la tête :

....

....

3 Parlez-vous javanais ?

Le javanais est un argot consistant à intercaler **av** entre une consonne et une voyelle. Par exemple, le mot chaussure devient : ch**av**auss**av**ur**av**e, grosse devient gr**av**osse.

Amusez-vous à transcrire, puis à dire la phrase suivante : Les chaussettes de l'archiduchesse, sont-elles sèches, archi-sèches ?

....

....

....

4 L'argot désigne, de façon générale, tous les mots utilisés à l'oral par un groupe d'individus, compréhensibles par eux seuls. Recherchez autour de vous des expressions argotiques appartenant à des milieux différents (argot sportif, argot militaire, argot informatique...).

5 Beaucoup d'auteurs du XIXe siècle se sont intéressés à l'argot. La plupart se sont servi des *Mémoires de Vidocq* (1828), ancien forçat devenu chef de la sûreté à Paris. En voici un extrait :

« À mon réveil, des mots d'une langue qui m'était familière, viennent jusqu'à moi.

– Voilà six *plombes et une mèche qui crossent*, dit une voix qui ne m'était pas inconnue ; ... tu pionces encore [1].

– Je crois bien ; nous avons voulu *maquiller à la sorgue* chez un *orphelin* mais le *pantre* était chaud ; j'ai vu le moment où il faudrait *jouer du vingt-deux* ; et alors il y aurait eu du *raisinet* [2].

– Ah ! tu as eu peur d'aller à l'*abbaye de Monte-à-Regret*. Mais en *goupinant* comme ça, on *j'affure pas d'aube* [3].

– J'aimerais mieux *faire suer le chêne sur le grand trimard* que *d'écorner les boucards* ; on a toujours les *lièges* sur le dos [4]. »

Balzac s'inspire de Vidocq pour créer le personnage de Vautrin, figure centrale de la *Comédie humaine*. Dans *Splendeurs et misères des courtisanes*, au chapitre « Ruse contre ruse », il écrit des dialogues en argot. En voici un extrait :

---

1. Voilà six heures et demie qui sonnent et tu dors encore.
2. Nous avons voulu voler cette nuit chez un orfèvre, mais le bourgeois était sur ses gardes ; j'ai vu le moment où il faudrait jouer du poignard, et alors il y aurait eu du sang !
3. Tu as eu peur d'aller à la guillotine. Mais en travaillant de la sorte, on n'attrape pas d'argent.
4. J'aimerais mieux assassiner sur la grande route que de forcer les boutiques ; on a toujours les gendarmes sur le dos.

« Les trois forçats se regardèrent entre eux, et ils se retirèrent du groupe que tous les détenus formaient autour du soi-disant ecclésiastique.

– C'est lui qui a *rincé la profonde*[1] de la fille ! dit Fil-de-Soie à l'oreille du Biffon. On voulait nous *coquer le taffe*[2] pour nos *thunes de balles*[3].

– Ce sera toujours le *dab* des *grands fanandels*, répondit la Pouraille. Notre *carle*[4] n'est pas *décaré*[5]. [...]

– Je gage qu'il *esquinte* le *dab* de la *Cigogne*[6] et qu'il va *cromper sa tante*[7] !, dit Fil-de-Soie.

– S'il y arrive, dit le Biffon, je ne le crois pas tout à fait *Meg*[8] ; mais il aura, comme on le prétend, *bouffardé avec le boulanger*[9].

– L'as-tu entendu crier : *Le boulanger m'abandonne* ! fit observer Fil-de-Soie.

– Ah! s'écria La Pouraille, s'il voulait *cromper ma sorbonne*[10] et *mes rondins jaunes servis*[11].

– *Fais sa balle*[12] ! dit Fil-de-Soie.

– *Planches-tu*[13] ? reprit la Pouraille en regardant son *fanandel.*

– Es-tu *sinve*[14], tu seras *roide gerbé à la passe*[15]. Ainsi, tu n'as pas d'autre *lourde à pessigner*[16] pour pouvoir rester sur tes *paturons*[17], *morfiler*, te *dessaler* et *goupiner*[18] encore, lui répliqua le Biffon, que de lui prêter le dos ! »

1. Vider la cave.
2. Faire peur.
3. Nos pièces de cent sous.
4. L'argent, la fortune.
5. Envolé.
6. Qu'il enfonce le procureur général.
7. Sauver son ami.
8. Dieu.
9. Fumé une pipe avec le diable.
10. Sauver ma tête.
11. Et l'or que je viens de cacher.
12. Suis ses instructions.
13. Ris-tu ?
14. Simple.
15. Condamné à mort.
16. Porte à soulever.
17. Pieds.
18. Manger, boire et voler.

Menez l'enquête

1 Dans quelle mesure peut-on dire que le titre, *Le Dernier Jour d'un condamné*, est mensonger ?

....

....

2 Quels sont les trois lieux du récit ?

....

....

3 À partir du moment où l'on vient annoncer au condamné que l'exécution aura lieu le jour même, combien d'heures lui reste-t-il à vivre ?

A 12 heures
B 10 heures
C 8 heures

4 Rétablissez l'emploi du temps précis du dernier jour du condamné.

A 6 h : ....
B 6 h 45 : ....
C 7 h 30 : ....
D 10 h : ....
E 13 h : ....
F 14 h : ....
G 15 h : ....

Le condamné : qui est-il ?

1 Victor Hugo a parsemé son texte d'indices permettant d'établir un portrait du narrateur. Retrouvez-les :

A Ses traits physiques :

....

....

B Sa situation familiale :

....

....

C Sa situation sociale :

....

....

2 Deux scènes illustrent le fossé qui existe entre le narrateur et les condamnés habituels ; lesquelles ?

....

....

3 Relisez le chapitre XLVII. Qu'en pensez-vous ? Quelle que soit votre opinion, vous l'argumenterez en adoptant d'abord votre point de vue de lecteur, puis celui de Victor Hugo.

....

....

....

....

....

Quel spectacle !

1 Relisez attentivement le chapitre XIII.

A Comment le geôlier présente-t-il le ferrage des forçats ?

....

B Quel rôle offre-t-il au narrateur-condamné ?

....

C Toute la scène est construite comme une pièce de théâtre. Retrouvez les éléments correspondants :

1 à la salle de spectacle : ....

2 à la scène : ....

3 aux trois coups : ....

D Découpez ce chapitre en actes (précisez l'action, les personnages, l'éclairage) :

1 Acte I : ....

2 Acte II : ....

3 Acte III : ....

4 Acte IV : ....

2 Au chapitre XLVIII, relevez toutes les marques dépréciatives pour qualifier la foule. Comment les justifier ?

....

....

3 Pourquoi peut-on dire que le chapitre XIII préfigure cet avant-dernier chapitre ? Dans quelle mesure ce thème du spectacle sert-il l'argumentation de Victor Hugo dans ce récit ?

....

....

GF Flammarion

03/09/20939-IX-2003 – Impr. MAURY Eurolivres, 45300 Manchecourt.
N° d'édition FG207408. – Mars 1998. – Printed in France.